살며 느끼며

1

이중동

살며, 느끼며

가족, 추억

차 례

1. 살며, 느끼며

2. 가족, 추억

1. 살며, 느끼며

느낌

　문득 떠올랐다가 사라지기도 하고 순간적으로 다가왔다 잊혀가는 느낌은 말할 것도 없고, 다른 사람에게서 들은 말이나 책으로 읽은 좋은 글귀와 삶의 귀감이 될 만한 이야기들이 시간의 흐름에 따라 기억이 나지 않아 진한 아쉬움으로 남을 때가 많다.

　사람은 생각을 하고 말과 글로써 소통을 할 수 있으며 기록으로 남길 수 있기에 살아가는 의미와 보람이 있고, 과거보다는 더 나은 현재와 미래를 만들어 갈 수 있는 것이다. 단순하게 의식주만을 위하여 살아간다면 그러한 삶은 아무나 살아갈 수 있지만 기왕이면 보람과 가치가 있는 일을 하면서 재물을 모으거나 더 나은 지위를 얻고 남들보다 앞선 위치에서 풍요를 누리면서 행복하고 건강하게 살고 싶은 것이 일반적인 바람이다.

　삶이란 희망만으로 꾸려갈 수는 없으며 꿈을 꾼다고 모

두가 이루어지는 것도 아니다. 많은 꿈을 꾸고 보다 높은 이상을 세워서 그러한 것들을 이루고자 노력하면서 살아가는 것이 우리네 삶이다. 자신이 세운 이상과 목표를 향하여 살아가다 보면 그 속에서 보람과 행복을 느끼기도 하지만 어려움을 당하거나 진한 좌절 앞에 무릎을 꿇기도 한다.

어떤 이가 "부자란 무엇이라고 생각하느냐"고 물어보자 많은 사람들이 선뜻 대답을 하지 못하였다. 그러자 그 사람은 "현재 자기가 하고자 하는 일을 할 수만 있다면 부자"라고 정의를 하였다고 한다. 물론 그 일이 다른 사람에게 피해를 주지 않으면서 즐거움을 느낄 수 있고 보람과 성취감을 가질 수 있으며 다른 사람들도 함께 행복을 누리게 할 수 있는 일이어야 할 것이다.

일반적으로는 재산이 많은 사람을 부자라고 하는데 그렇게 간단한 답을 왜 하지 못하였을까? 누구나 이러한 질문을 받고 나면 명확한 정의를 내리기가 쉽지 않았을 것이다. 부유하다거나 가난하다든가 지위가 높다거나 낮다는 등의 개념은 상대적인 것이어서 명확하게 한계를 정하기 어렵기 때문이다.

재산이 많은 사람은 더 가지려고 하고, 지위가 높은 사람은 더 오르려 하며 건강한 사람은 더 건강하기를 바란다. 아무리 재산이 많아도 주변에서 사람들이 멀어져가고 마음이 편하지 않다거나 몸이 불편하다면 부자라고 할 수 없을 것이고, 몸과 마음의 행복까지도 갖추어야 진정한 부자라 할 수 있다. 비록 적게 가졌더라도 마음으로 만족하고 건강하다면 진정한 부자가 아닐까?

스치고 지나가는 느낌들을 정리하여 하나의 흔적이 남을 때마다 그 속에서 즐거움을 가져보는 것도 마음의 부자라는 소박한 생각을 가져본다.

전화기에 대한 감상

군(軍) 제대를 며칠 남겨둔 아들이 마지막 휴가를 나와서 그동안 잘 사용하고 있던 전화기를 바꾸어준다. 그것도 인터넷통신 구매다. 그런데 이 자그마한 전화기 한 대가 나를 잠시 당혹스럽게 만든다.

걸려 오는 전화를 어떻게 받아야 할지, 또 어떻게 걸어야 할 것인지 혼란스럽기만 하다. 무슨 판도라의 상자(Pandora's box) 같은 이 물건을 어떻게 다루어야 할 것인가. 이름도 생소하게 '터치폰'이란다. 살짝 손가락만 대었을 뿐인데 재빠르게 다음 단계로 넘어간다. 그것도 손가락을 대는 시간이나 강도에 조금만 차이가 있어도 내 의도와는 다르게 바뀌어버린다. 바탕화면에 다양한 기능들이 나열되어 있지만 어떻게 이용해야 하는지 방법을 알 수가 없고 혼란스럽기만 하다. 그저 전화를 걸고, 받고, 문자 메시지를 받거나 보내고, 전화번호부 입력하고, 사진기 기능을 쓰는 정도 이외에는 사용하기가 힘들다. 적어도 현재의 내 수준에서는 그렇다.

더욱 이상한 것은 이렇게 값이 비쌀 것 같은 전화기가 공짜란다. 1년 이상 사용해야 한다는 조건은 있지만 그래도 이해하기 힘들다. 기본적으로 기기의 생산비와 유통 비용 정도는 받아야 하는 것 아닌가. 물론 통화료 등의 어떠한 수단으로든 자신들의 이익은 반드시 챙겨 가겠지만 그래도 당장은 기기값이 없단다.

최근 들어 전자산업의 발전에 따른 통신기술의 놀라운 변화로 전화기의 진화(進化)는 가속화되어 젊은 세대에는 새로운 문화로 정착된 반면에 기성세대에게는 편리함을 넘어 스트레스 수준이다.

전화기 한 대로 상대방과 대화만 하는 것이 아니라 문자를 통한 여러 종류의 소식이나 정보 등을 주고받고, 아무리 먼 거리에 있더라도 상대방과 동영상 대화, 게임과 오락을 즐길 수 있으며, TV를 보고 라디오를 들으며 음악을 즐기기도 한다. 그 외에도 인터넷을 통한 수많은 정보의 공유, 사진기의 기능은 말할 것도 없고, 화면에 그림을 그리거나 글자를 직접 적어서 주고받을 뿐 아니라 저장과 출력도 가능하다. 게다가 금융거래와 주식거래, 일정의 저장과 활용, 계산기의 기능을 넘어선 컴퓨터 기능을 비롯하여 원하는 대상의 위치 추적이나 길 도우미(navigation)의 역할까지 수행하는 등 전화기는 통신 기술을 비롯한 관련 과학의 급속한 발달에 따라 끝없이 변모를 거듭하고 있으며, 얼마나 더 많은 진화를 계속하게 될 것인지 인간 상상력의 한계만큼 그 끝을 예측할 수가 없다.

60~70년대까지만 하여도 시골에서는 한 마을에 1~2대 정도의 전화기가 있어서 멀리 타지(他地)에 살고 있는 자녀나 친지에게서 전화가 오기라도 하면 전화기가 있는 집에서 수화기를 통화 상태로 내려두고 전화를 받을 사람에게 연락을 하여 통화를 하는 것이 예사였고, 전화기가 있는 집은 마을에서 상당히 잘사는 부잣집으로 인식되어 있을 정도였다. 전기 사정마저 열악한 시대였으므로 통화의 방식도 커다란 건전지를 전화기 옆구리에 매단 전기식이거나 손잡이를 돌리는 자석식이어서 전화를 걸면 전신전화국이나 우체국에 연결되어 교환원의 목소리가 나오고, 통화할 상대편의 전화번호를 불러주면 일일이 코드를 꽂아서 접선을 시켜주는 방식이었다. 거리가 멀수록 많은 전화교환소를 거치며 몇 번의 같은 과정을 거쳐야 연결이 되기 때문에 전화 대기 시간도 오래 걸렸다.

이후 다이얼 전화기가 보급이 되면서 다소 간편해지기는 하였으나 전화선이 부실하여 잡음이 많고 상대방의 목소리가 잘 들리지 않아 마치 싸우기라도 하는 듯이 목소리를 높여서 통화를 하기도 하였다. 관공서에는 전화기의 색깔이 검정색과 흰색으로 나뉘어 있었다. 흰색은 일반 통화가 가능한 전화기였고, 검정색은 행정전화(行政電話)로 관공서 간의 전달사항이나 통화에 주로 사용되었다. 오늘날처럼 컴퓨터나 팩시밀리 같은 별도의 통신 수단이 없었으므로 상급기관에서 하급기관에 긴급하게 알려야 할 사항이 있으면 전언통신문(傳言通信文)이라 하여 전화로 불러주는 내용을 받아 적어서 사무를 처리하기도 하였다. 군(軍)에서도 국방색 주머니에 싸인 전화기를 책상 위에 두고 핸들을 돌리면 통신실에서 통신병이 코드를 연결하는 방식으로 통화했다.

경제 사정이 호전되고 전화기의 보급이 늘어나면서 보다 편리(?)한 전화번호와 빠른 개통을 위하여 관계자를 통한 로비(lobby)마저 동원되는 웃지 못할 일도 벌어졌다. 다이얼 전화기가 보급되면서 교환수가 전화를 연결하는 불편함이 사라지고 통화에 걸리는 시간도 크게 단축되었을 뿐만 아니라 공중전화기가 설치됨으로써 의사 교환이

훨씬 빠르고 편리해지게 되었다.

　가정용 무선 전화기가 등장하면서 농촌에서는 집에서 가까운 논이나 밭에서 일을 하면서 통화를 할 수 있게 되었고, 소위 '삐삐'라고 하는 무선 호출기가 나와 통화를 하고 싶은 상대방의 전화번호가 기기에 입력되어 오면 가까운 전화기가 있는 곳으로 가서 통화를 할 수 있게 되어 비상사태 등에 신속하게 대응할 수 있게 되었다.

　휴대용 전화기가 처음 등장했을 때에는 기기 자체가 부(富)의 상징물처럼 여겨지기도 하였는데, 무전기처럼 생긴 커다란 전화기를 옆구리에 차거나 호주머니에 넣고 다니면서 어디에서 전화가 걸려 오기라도 하면 주변을 한 번 정도 둘러보고 어깨를 으쓱거리며 통화를 하는 것이 대세였다. 눈부시게 변하는 통신 기술의 발달과 급속도로 확산되는 휴대용 전화기에 밀려서 거리의 공중전화 부스가 사라져가는 것도 또 다른 변화의 물결로 받아들여야 할 것이다.

　전자산업과 통신위성 같은 과학의 발달로 전화 시스템이 급속도로 발전하여 기기의 종류나 방식, 디자인과 기능 등이 상상을 뛰어넘고 있어서 전화기의 변신이 빠르게 진행되고 있다. 사용을 잘하면 대단한 기능을 가진 도구이기는 하지만 여러 가지 부작용도 상대적으로 늘어날 뿐만 아니라, 기기(器機)의 세대교체도 급속하게 빨라짐으로써 한 종류의 기기에 대하여 1~2년 정도 사용하여 겨우 적응을 할 만하면 다시 새로운 기기로 바꾸어야 하므로 빠른 변화에 적응하기가 여간 어렵지 않은 것도 사실이다.

전화기를 만드는 업체에 따라 기기의 방식이나 이름도 다양하여 스마트폰(smart phone), 폴더폰, 터치폰…, 사용 방식에 있어서도 와이파이(WiFi, Wireless Fidelity)다 LTE(Long Term Evolution)다 뭐다 하여 무슨 소리인지 알기 어렵다. 전문가가 아니라서 그런지는 몰라도 전화기의 이름이나 사용 방법을 이해하는 것마저도 쉽지가 않다. 이처럼 급변하는 생활 도구의 이용에 익숙하지 못한 세대에서는 아예 전화기의 기종을 바꾸려고 하지 않는 경향도 있다. 그래도 문명의 이기에 적응하면서 새로운 감각에 조금이라도 다가가기 위하여 전화기에 적응을 하려고 노력을 해본다. 전화기 제조 업체와 통신 관련 업체의 생존을 위한 연구와 노력으로 변신을 거듭하고 있는 전화기와 통신 기술이 얼마큼 더 많은 진화를 거듭할 것인지는 한계를 가늠하기 어렵다. (2011. 6.)

※ 우리나라 전화기의 역사

우리나라에는 전화 발명 6년 만인 1882년 3월 처음으로 실물이 도입되어 시험 통화를 하였다는 기록이 있다. 1882년 3월 톈진(天津) 유학생 상운(尙雲)이 귀국하면서 휴대한 것으로 전선 40장(丈: 약 100여m)이 기록되어 있는 것으로 보아 시험 통화를 위한 것이라 하겠다. 이 기록에서 겨우 말을 알아들을 수 있었다고 하니 우리나라 사람이 한 최초의 통화로 보아야 할 것이다.

1893년 11월 정부는 총해관(總海關: 지금의 세관)에 "일본 동경에서 들여오는 전화기와 전료(電料) 등을 면세하라"는 조처를 시달하였는데, 이는 궁내부(宮內府)에서 전용 전화를 가설하기 위하여 구입할 때 내린 것으로 보인다. 이때 전화기의 도착을 몹시 기다린 듯 인천과 부산감리(釜山監理)로부터 이를 싣고 오는 일본 상선에 관한 보고를 전보로 받았다는 기록도 있다. 정부의 관심 속에 전화기는 다음 해 1월 26일 인천에 도착하였고, 상운을 한성전보총국(漢城電報總局: 중국에서 대리 경영한 오늘날 중앙전신국의 전신)에 보내 실험을 청하였다. 이듬해 3월 1일 전화기의 시험을 실시하겠다고 통고하였으나 그 이후의 기록은 없다. 아마도 전용 전화의 개설을 위한 준비가 완료되어 가설 공사를 기다리던 중 동학농민운동과 청일 전쟁이 발발하여 그 실현을 보지 못하였던 것으로 생각된 다.

우리나라 최초의 전화는 1896년 서울~인천 간에 개통 되었는데, 이 개통으로 김구(金九)의 생명을 건지게 되었 다. 김구는 1895년 10월 일본인에 피살당한 국모(명성황 후)의 원수를 갚는다고 안악 치하포에서 이듬해 2월에 일 본 육군 중위 쓰치다(土田讓亮)를 살해하고 잡혀서 사형 선고를 받고 인천감옥에 수감되었다. 이 사실이 알려지자 고종은 인천감리 이재정(李在正)을 전화로 불러 사형집행 을 면하게 하였는데, 1896년 윤8월 26일로 전화가 개통된 3일째 되는 날이었다고 <백범일지>에 기록되어 있다.

산책길

　우리는 일생을 통하여 많은 사람들과 이런저런 관계를 나누며 살아간다. 서로가 도움을 주기도 하고 받기도 하면서, 때로는 가까이했던 사람과 멀어지거나 멀어졌던 사람과 가까워지기도 하고, 낯선 사람을 만나서 어울리거나 혹은 순간적으로 스치며 지나치기도 하지만, 자의든 타의든 관계를 맺고 서로 많은 이야기를 서로 나누며 어울려 살아간다.

　많은 사람들 속에서 듣는 말들은 즐거운 마음으로 좋아서 들을 수도 있지만 때로는 듣고 싶지 않거나 들으려고 하지 않아도 듣게 되는 수가 있으며, 즐겁지 않은 마음으로 들어야 하는 경우도 있고, 때로는 커다란 즐거움이나 웃음으로 다가오는 말이 있는가 하면 스트레스나 비호감으로 다가오는 말도 많이 있다. 따라서 다른 사람의 말을 듣는 환경이나 상황 혹은 시기나 장소가 어떠하든 그런 것을 문제 삼기보다는 많은 말을 듣되 자신의 삶에 자양분으로 받아들일 것은 받아들이고 그렇지 않은 말은 흘려버리는 지혜가 필요하다.

가벼운 기분으로 마음에 여유를 가지고 산책길을 나서보자. 도심의 공원길도 좋지만 나지막한 산길을 따라 이리 돌고 저리 돌아 구불구불 오솔길을 걸어가는 한적한 숲길이라면 더욱 좋다. 때로는 라디오, 휴대폰, MP3, 녹음기 같은 기기도 갖지 말고, 여러 사람들과 어울리지도 말고, 바쁜 사람은 먼저 가라 하고 길을 양보하면서 혼자서 조용히 주변을 느끼고 자연을 즐기기도 하면서 천천히 걸어보자.

풀, 나무, 바위와 나뭇가지 사이를 날아다니듯 건너뛰는 청설모의 재롱도 구경하며 상큼하고 맑은 공기를 호흡하고, 저마다의 독특한 음색과 고저장단(高低長短)에 따라 들리는 새소리, 바람소리, 나뭇잎 소리를 듣기도 하고, 나뭇가지 사이로 보이는 하늘과 구름들을 즐겨가며 걸어보자. 사람이 밟고 다니는 길섶에 자라는 갖가지 풀들과 얽히고설켜서 기이한 모습으로 뻗어 있는 나무뿌리는 또 얼마나 아름다운가. 조금만 눈을 돌리면 형형색색(形形色色)으로 저마다의 독특한 모습들을 간직한 채 자라고 있는 수많은 꽃과 나무, 이름을 알 수 없는 풀과 버섯 그리고 곤충들…, 멋있고 아름다운 친구들이 많은데 굳이 가쁜 숨을 몰아쉬며 경주라도 하듯이 바쁘게 내달려야 할 이유는 없지 않은가. 푸른 산을 오랫동안 보고 있노라면 마음은 고요해지고 눈의 피로가 한결 풀리면서 시야가 밝아지고 정신도 맑아진다.

산책길에 지나치는 사람들의 모습을 보고 있으면 살아온 여정을 어느 정도는 가늠할 수 있다. 힘이 빠지고 처진 어깨와 굽어진 허리, 휘어져가는 다리에 살아온 세월만큼 삶의 무게를 짊어지고 수수한 차림으로 자칫 무언가에 걸려서 넘어지기라도 할까 조심을 하면서 지팡이에 의지하여 천천히 걷고 있는 노인, 제법 값비싼 가격을 지불하였을 것 같은 옷을 입고 모자를 쓰고 신발을 신고 벌어진 어깨에 힘을 잔뜩 들이고 주변을 두리번거리며 과시라도 하듯이 당당하게 걸어가는 사람, 모자를 깊숙이 눌러쓴 채로 무슨 잘못을 저지르기라도 한 것처럼 어깨를 힘없이 늘어뜨리고 세상의 모든 고민은 혼자서 간직하기라도 한 듯이 고개를 숙이고 기죽어 걷는 사람, 싸움이라도 한 듯이 인상을 잔뜩 찌푸린 모습으로 걸어가는 사람, 햇빛에 위협이라도 받았는지 모자를 눌러쓰고 얼굴은 마스크로 가린 채

눈만 내놓은 이상한 모습으로 패션쇼라도 하듯이 몸의 선이 그대로 나타날 정도로 달라붙는 옷에 양팔을 높이 흔들어가며 땀을 뻘뻘 흘리고 가쁜 숨을 헉헉 내 뱉으면서 바쁘게 걸어가는 여자, 세상 사는 이야기들을 나누며 무리지어 걷는 사람들, 도란도란 정담을 나누며 다정하게 걷는 부부, 그리고 엄마와 딸, 다정하게 손을 잡고 세상의 행복은 모두 차지한 것처럼 웃음 가득하고 화사한 얼굴로 걷는 젊은 남녀…. 이웃끼리, 가족끼리 혹은 친구들끼리 여러 부류의 사람들이 각자의 모습으로 건강을 위하여 열심히 땀 흘리고 한가롭게 자연을 즐기면서 걷는 길이 산책길이다.

그 속에는 낭만과 정서가 있고, 문학과 예술이 있으며 경제가 있고, 정치와 국가 경영을 비롯하여 사람이 살아가는 도리와 맛이 있으며, 휴식과 건강이 있고 참된 삶이 있다. 경쟁이라도 하듯이 바쁘게 걷지 말고 여유를 갖고서 천천히 주변에 눈 기울이고 귀 기울여가면서 맑은 공기와 자연을 음미하면서 걸어보자.

"그 와, 안 있나, 우리 동네에 사는 영감, 나이는 일흔이 조금 넘었고 옷을 깔끔하게 입고 다니는 영감 말이다."

"그래, 안다. 그 영감이 와, 무신 일이라도 있었나?"

"글쎄 그 영감이 요새 영 죽기 되었다 안 하나."

"와, 그 영감 부자라고 안 캤나? 자식들도 여럿이 된다 하던데."

"아이고 자식이 많이 있으면 뭐 하겄노, 전부 도둑놈들인데. 아무 씰데 없다"

"와, 무신 일이 있기는 있었는가베."

"있었제, 그것도 다 그 영감이 욕심이 많아서 일어난 일 아이가."

"글쎄, 무신 일이 있었는데 그래 샀노?"

"안 있나, 요새 나이 많은 사람들이 재산도 없이 혼자 살고 있시모 동사무소에서 한 달에 얼마씩 돈을 준다고 안 하던가베."

"그래, 동사무소에서 한 달에 몇십만 원인가 준다캐샀 테."

"그래 맞다. 그런데 그 영감 할멈이 몇 해 전에 죽고 요 새는 혼자 살고 안 있는가베. 그 영감이 농사짓고 살면서 논하고 밭하고 좀 있었는데, 거기에 아파트를 짓는다고 보상을 받아 돈이 좀 있었는가 보더라. 그런데 바로 그기 문제였는기라. 자식들이 저거 아부지보고 그리 하자 안 캤겠 나."

"아 글쎄, 그래 무신 일이 있었는데 그래 샀노?"

"아 그런깨 내 말을 끝까지 들어봐라. 그 영감이 정부에서 주는 돈 그거 타묵을라꼬 자석들한테 돈하고 재산을 모두 다 갈라서 조삐릿다 안쿠나. 혼자 살면서 재산이 하나도 없다쿠모 정부 돈은 돈대로 타묵고, 자석들한테서 한 달에 얼마씩 받기로 의논을 했겄제. 그리 되기까지는 자석들이 저거 아부지를 올매나 꼬았것노. 그래놓고 나서 몇 달간은 잘해주더마는 쪼매 지나고 나자 자석들이 돈을 안 주는 것은 말할 것도 없고 아예 돌아보지도 안 하는 갑더라. 그래서 그 영감이 후회를 엄청시리 한다 쿠더라."

"그래 요새는 니 자석, 내 자석 할 것 없이 자석들이 그렇다 안쿠나. 죽을 때까지 돈을 쥐고 있어야지 그리 안 하모 안 된다 쿠더라. 그 영감 안됐네. 약은 꾀 부리다가 불쌍하게 돼삐릿네."

다섯 명의 아주머니가 함께 산길을 걸으면서 주고받는 이야기다.

"이번 도지사 선거에서 아무개 그 사람이 당선되지 않았나. 참 그 사람 운도 좋지, 몇 년을 공을 들이고 댕기샀더니 결국 한 번 하네. 그렇기는 하지만 잘해낼지는 모르지."

"아, 그야 상대편 그 사람들이 잘못했지. 당선된 그 사람이야 이번이 3번째인가 도전을 해서 당선된 것 아닌가. 시장바닥에 앉아서 함태기 장사를 하는 할머니에서부터 제법 한다 하는 사람들까지 모르는 사람이 없을 정도로 수년 동안 다니면서 얼굴을 알렸는데, 상대편에서 출마한 사람이야 무슨 장관을 지냈다고 하지만 알아보는 사람이 있어야지. 그런 형편이니 어렵지 않겠어?"

"그렇긴 해, 부모 잘 만나서 공부는 잘하고 좋은 학교 나와서 변호사다, 장관이다, 뭐다 출세했다고 명절날이 되어도 고향에는 잘 오지도 않던 사람들이 선거철만 되면 느닷없이 나타나서 잘하겠다고 밀어달라고 하지만 그 사람들이 당선만 되고 나면 언제 찾아오던가? 서울에서 목에 힘주고 살다가 선거철만 되면 또 철새처럼 찾아와서 굽실거리지만 그때뿐이야…."

이야기는 끝도 없이 이어진다. 젊은 시절 나름대로는 한자리하였을 것 같은 일흔은 넘겼을 만한 노인들이 숲속 그늘 아래 벤치에 앉아서 주고받는 선거 결과에 대한 평가다.

선거를 통하여 일꾼을 선택하고, 그들에게 자신을 대신하여 국가나 지방 정부의 살림을 성실하게 살아줄 것을 위임하는 행위가 투표다. 그런데 생면부지(生面不知)의 사람이 느닷없이 나타나서 표를 찍어달라고 하거나, 평소에는 주변의 비난을 받을 행위를 하고 지냈거나 알지도 못하는 사람들이 나타나서 당선만 되면 잘하겠다고 하면 그 말을 누가 믿고 표를 주겠는가. 정치에 입문(入門)하여 국민을 위해 진심으로 열심히 일해보고 싶은 사람이라면 평생을 살아오면서 몸으로 겪고 부딪치고 느끼면서 살아온 이들의 말을 귀 기울여 듣고 참고하여야 할 것이다.

"요사이 대학 수업료 때문에 시끄러운데, 문제는 대학이 너무 많은 것이 탈이야."

"그래도 어쩌겠나, 있는 학교를 없앨 수도 없고."

"과거에 정치한 사람들이 저질러놓은 잘못이지."

"요즈음 대학을 나와봐야 제대로 학교에서 전공한 것을 살려서 일하는 사람이 얼마나 되나, 전부 고급 실업자만 만들어내는 거지."

"맞아, 명색이 대학 나왔다고 힘든 일은 하기 싫지, 사무실에 앉아서 하는 일이나 하고 싶어하지, 손톱 밑에 기름 묻히고 흙 묻히는 일은 하지 않으려고 하니 실업자만 늘어날 수밖에 없으니 그것이 문제지. 왜 일자리가 없어? 작은 중소기업에서는 사람을 구하지 못해서 난리인데, 외국인 근로자가 아니면 공장 돌리기가 힘든 형편이라는데."

"수업료 반값으로 하자는데 그거 간단해. 별 볼 일 없는 대학을 정리해버리면 되는 거야. 그래서 거기에 지원하는 돈을 잘하는 대학에 나누어 주면 세금을 더 거두지 않아도 되지 않겠어? 대학 안 가고 일찌감치 취직해서 돈을 벌면 결혼도 빨리 하게 되어 저출산 문제도 자연스럽게 해결할 수 있을 것 아니야."

숲속 나무 그늘 아래 놓인 벤치에 앉은 연세 지긋하신 노인들에게서 나름대로의 정견이 끝도 없이 이어진다.

"아이구, 우리 손자 녀석 어찌나 예쁜 짓을 하는지, 인제 말을 한마디씩 배우는데 눈에 삼삼거려서 일이 손에 잡히지 않아."

"몇 살이나 되었는데요?"

"이제 갓 돌을 지났는데 걸음도 제법 걸어."

"한창 예쁜 짓을 할 때인데 뭘…."

연세가 지긋하신 분들 여럿이 걸어가면서 나누는 대화다. 한 분은 손자 자랑에 침이 마를 정도이고, 다른 분들은 시큰둥하다. 누구나 그렇게 살아간다. 자신이 아들딸을 낳아서 기를 때에는 가족의 생계를 위하여 일을 하여야 하기 때문에 정신적으로나 육체적으로 바쁘고 여유가 없어 사랑의 표현을 제대로 못 하고 살았지만 손자나 손녀는 귀엽고 예쁘기만 하다고 한다.

"우리 아파트에 살고 있는 김 씨네 있지 않소. 그 집 며느리가 참 잘한대요. 아들이 서울에서 큰 회사에 다니고 있는데 며느리가 자주 다녀가고, 요즘 젊은 며느리들 같지 않대요."

"그래요, 뭐, 다른 걸 바라는 것이 있겠지."

"아니라요. 우리도 가끔씩 보는데, 젊은 사람이 늘씬하고 예쁘게 생겼는데 아주 싹싹하고 인사도 잘해요. 요새 젊은 애들 어디 어른들 보고 인사나 하던가요? 그 집에 며느리 참 잘 보았어요."

"아무리 그래도 사람 속은 몰라요. 더 살아봐야 알지."

"안 그래요. 한번은 그 집 영감 생일인데, 하루 전날 며느리가 전화를 해서 집 앞에 생일선물을 가져다 놓았으니 나와보라고 해서 나가보았더니 어린 손자애가 앉아 있더래요. 그래놓고 자기는 숨어서 지켜보고 있은 거지. 영감하고 할머니가 손자를 보고 싶어하다가 얼마나 좋았겠어요? 그 집 며느리가 그렇게 똑똑하고 영악하대요. 며느리 자랑이 대단해요."

아주머니 몇 분이 함께 산책하며 나누는 이야기다.

"아이구, 요새 우리 이웃에 사는 그 할머니 죽을 맛이래요."

"왜요, 얼마 전까지도 잘 살았는데, 어디 몸이라도 불편해요?"

"그것이 아니라 약장수들 때문에 그렇답니다."

"약장수가 왜요, 약을 잘못 먹었는가요?"

"그런 것이 아니라 요즘 나이 많은 사람들 모아놓고 노래도 불러주고, 공연도 하고, 선물도 나누어 주면서 전기장판이나 보신제 같은 약도 팔고 하는 것 있잖아요. 거기에서 물건을 샀었나 봐요."

"그런 것 사면 욕보는데, 뭣 하려고 그런 것을 샀을까?"

"아이고, 어디 그렇던가요? 심심하고 하니까 구경하고 시간도 보낼 겸 거기에 갔었나 봐요. 갔다 하면 안 사고는 못 배겨요. 화장지 같은 선물도 나누어 주고, 말을 어떻게 잘하는지 사지 않고는 못 배겨내요."

"그래도 그렇지 돈도 없이 뭐 하려고 사는데?"

"돈이야 어디 현금이 있어야 사나요, 외상이지."

"그 할머니 얼마 전에도 그런 데서 물건을 사가지고 욕보지 않았나요?"

"그러니까 걱정이지. 몇 번인가 자식들이 갚아주면서 다시는 그런 데서 물건을 사지 말라고 다짐을 받았는데 또 그래놨으니 걱정이지.”

“법에서는 무엇 하나. 그런 장사를 못 하게 하고 사기 치는 사람들 잡아넣지 않고.”

“잡아넣으면 뭐 해요? 잡아넣어봐야 바로 풀려나오는데.”

할머니들 몇 분이 산책길의 길섶에 놓인 긴 의자에 앉아서 나누는 대화이다.

“올해는 고구마가 수입이 좋다네. 1kg에 3~4만 원 하는가 보더라. 1kg이래야 양은 얼마 안 된다.”

“욕지도 사람들 돈 좀 만질 수 있겠네.”

“내년에는 나도 고구마 좀 심어볼까?”

“말아라, 안 된다. 돈이 된다 싶으면 너도나도 심어서 막 나오니까 가격이 형편없이 떨어져.”

“종자 선택을 잘해야 값을 제대로 받을 수 있어. 맛이 없는 품종은 팔리지도 않아.”

“올해는 틀림없이 뭇값이 없을 것이야. 고춧가루 같은 양념값이 너무 비싸. 양념값이 비싸면 뭇값, 배춧값은 자연히 떨어지게 되어 있어.”

“원료 가격이 오르면 김장도 조금씩만 담아 먹게 되어 있어.”

노인 몇 분이 앉아서 농사일에 대한 이야기가 한창이다.

"우리 딸애가 은행에 갔더니 은행에서 신용카드를 만들라고 하드래요."

"그래서 어떻게 했는데?"

"다음에 만들겠다고 하고 왔대요. 그래서 내가 딸애보고 만들지 말라고 했어."

"왜 만들어주지 그랬어요."

"아니에요. 수입도 없는 애가 신용카드 만들어봐요, 큰일 나지."

"애가 순순히 말을 듣든가요?"

"내가 설득을 했지요. 현금카드는 통장에 일정하게 돈이 있어야 쓸 수 있지만 신용카드는 돈이 없어도 쓸 수 있기 때문에 돈에 대한 감각이 없어져서 함부로 사용하게 되면 큰일 난다, 돈이라는 것은 수입 한도 내에서 써야 하는데 너는 아직 수입이 없고, 아버지 월급도 그렇게 많지 않으니 이다음에 직장을 구하고 수입이 생기면 만들어도 늦지 않다고 설득을 했어요."

"그래도 순순히 말을 듣는 것을 보니 애가 착하네. 참 카드 회사나 은행이 문제예요. 자기들 수입만 생각하고 수입도 없는 애들을 신용불량자로 만들고 있어요."

"맞아요, 정부에서도 그렇게 못 하게 하면 될 것인데, 문제가 많아요."

젊은 아주머니 두 사람이 나누는 이야기다.

"아이구야 말도 마라, 있는 놈이 더한다고 안 하드나."

"왜요, 무슨 일인데 그래요?"

"우리 막내시동생 안 있는가베. 니도 잘 안다 아이가."

"그래 알지. 글마가 우짜는데? 잘산다 아이가."

"그기 문제지, 못산다면 말도 안 하지. 잘사는데 욕심이 얼마나 많은지 말도 마라."

"와요, 잘하는 것 같던데."

"알다시피 우리 시갓집이 6남매 아닌가베. 시아버님은 몇 년 전에 돌아가시고 시어머님 혼자 살고 계신다 아이가."

"그런데?"

"시아버님 돌아가시고 유산 상속 문제가 나왔을 때 촌에 얼마 되지도 않는 땅이지만 시어머님 앞으로 다 해놓았는데, 그때 다른 형제들은 두말도 안 하고 도장을 다 찍었거든. 그런데 글마는 조건을 걸었는 기라."

"무슨 조건이 있노?"

"글쎄 우리야 무엇을 모르니까 도장만 찍어주었는데 글

마는 돈이 있으니 평소에 알고 지내는 변호사도 있고 하다 보니 집을 자기 명의로 한다는 문서를 받아놓고 도장을 찍었는 모양이더라. 그래놓고는 매달 얼마씩 집세를 챙겨 가는 거야.”

“아이고, 수악하다. 저거 엄마한테 그러는 법이 어데 있노.”

“그러니까 하는 말이지. 그 시동생이 아버님 살아계실 때에도 걸핏하면 와가지고 재산을 수월찮게 챙겨갔다 아이가. 그래놓고도 얼마나 욕심이 많은지, 말도 마라. 있는 놈이 더 독하다는 말이 헛말이 아인기라.”

아주머니 두 사람이 운동을 하면서 하는 이야기다.

“아주머니 요새는 잘 안 보이던데 무슨 일을 하나요?”

“예, 식당에 나갑니다. 우리 아들이 하는 식당인데 일하던 아주머니가 나가서 잠간 거들고 있어요.”

“어디에 있는 식당인데요?”

“저 아래 큰길 옆에 닭고기 전문 식당인데 거기 간판에 적혀 있는 사람이 저거 장모 이름입니다.”

“왜 저거 어머니 이름을 쓰지 장모 이름으로 해요?”

“요새는 처갓집이 우선 아닙니까, 아무러면 어때요.”

“그래요, 세상이 많이 달라졌어요. 마누라 도움을 받으

려면 장모 이름을 넣어야지 시어머니 이름을 넣으면 도와
주려고 하겠어요?”

 “빨리 일하는 사람을 구해야 할 것인데 힘들어요. 눈치
를 보니 빨리 구하지는 않을 것 같네요. 요새는 일하는 아
주머니도 한 달에 180만 원은 주어야 하는데 내가 거들어
주어 그 돈이 절약되니 빨리 구할 눈치가 아니에요.”

 “그래도 빨리 그만두어요. 일을 조금 거들어봐야 결국
은 그 돈을 몸이 도로 먹어버리게 돼요. 여기저기 아프다
고 하면 자식들이 좋다고 하겠어요? 당장은 거들어주니
돈이 나가지 않아도 되고 좋아하겠지만, 시간이 좀 지나고
아주머니가 몸이 아프다고 해봐요. 그때는 눈치만 받고 천
덕꾸러기가 되고 말아요.”

 “그러게요, 힘이 드는데 일하는 아주머니를 구할 것 같
은 눈치가 아니라서 걱정이 되네요.”

 아주머니 몇 분이 서로 주고받는 이야기가 그칠 줄 모르
고 이어진다.

 이처럼 산책길은 천천히 귀를 기울이고 눈을 떠서 걷거
나 쉬다 보면 아름다운 자연이 있고, 생활이 있고, 맛과 냄
새와 향기가 있으며 철학이 있고 정치와 경제가 있으며 기
쁨과 슬픔 그리고 사람이 살아가는 온갖 멋과 삶이 짙게
묻어나는 길이다.

나무에서 배운다

　나뭇잎은 낙엽이 되어 떨어져 나가도 자신을 떨쳐 낸 나무를 원망하거나 해치려고 하지 않으며 자양분이 되어 자신을 떨쳐 낸 나무를 키우고 살찌운다. 나무는 잎을 틔워서 키우고 그 잎으로 햇빛을 받아들여서 숨을 쉬며 살아가고 더욱 많은 잎을 나게 하지만 그 역할이 다한 잎은 미련 없이 떨구어 낸다.

　나무가 자라고 다음 세대를 만들기 위하여 꽃을 피워서 열매를 맺고 또 다른 개체를 탄생시키기 위하여 보다 많은 영양을 필요로 하거나 자연이 가져다주는 여러 가지 어려움을 당하게 되면 그 잎은 알아서 스스로 나무에서 떨어져 나간다. 나무의 열매는 시기가 되면 스스로 그 자라온 자리를 떠나 모진 자연에 순응하면서 싹을 틔워서 새로운 개체로 태어난다. 환경에 순응하고 적응을 한 개체는 새로운 숲을 이루고 살아가는 반면에 그러지 못한 개체는 동물의 먹이가 되거나 죽어서 다른 생명체의 자양분으로 사라져 간다.

나무에서 떨어진 잎은 뿌리를 덮어서 마르거나 춥지 않게 하고, 지상으로 드러나 다치거나 상하지 않도록 보호해 주며, 떨어진 씨앗을 감싸서 싹을 틔우고 안전하게 자라날 수 있도록 도와서 새로운 개체가 최대한 오랫동안 건강하게 살아갈 수 있는 환경을 만들어 숲을 가꾼다.

나뭇잎도 한 그루의 나무에서 수없이 많은 개체가 함께 살아가기에 나무가 바람의 힘을 빌려서 가지를 흔들어 빛을 고루 받을 수 있게 하지만 영향이 미치지 못하는 곳도 있으므로 좋은 위치에서 뽐내며 햇빛을 듬뿍 받으면서 폼 나게 살아온 것도 있고, 잘난 놈의 그늘에 가려서 햇빛을 제대로 받지 못하고 힘들게 살아온 개체도 있다. 그러다 낙엽이 되어 떨어지고 바람에 날리거나 물살에 떠밀려서 자신을 키워준 나무를 떠나는 잎도 있지만 그 어느 것 하나 자신을 싹 틔워서 함께 살아온 나무를 원망하거나 상하게 하지는 않는다.

나뭇잎은 뿌리와 둥치가 있어야 나무를 키우고 뿌리와 둥치는 잎이 있어야 살아갈 수 있다는 것을 알기에 서로 내세우거나 자랑을 하지 않는다. 나무의 뿌리와 줄기나 잎의 이러한 관계가 어우러지고 조화를 이루어 자연을 더욱 아름답고 풍요롭게 만들고 기름지게 만들어나갈 수 있는 것이다.

　정치의 계절에 정치인들의 한심한 모습과 행동들을 보고 있으면 산속으로 들어가서 나무들에게서 배우라고 말하고 싶다. 얼마 전까지만 하여도 자기가 몸담았던 정당에서 활개를 치며 온갖 혜택들을 누려왔으면서도 공천에서 탈락이 되었다고 비난의 총구를 들이대고 마구잡이로 쏘아대는 것이 다른 정당이나 집단에 있는 사람들보다 더욱 강도가 높은가 하면, 소속 정당을 위기로까지 몰아간다. 그간 자신의 행동이나 처신에 대하여는 반성도 않은 채로 자신의 행위만 정당화함으로써 자신만이 정의롭고 공천에서 탈락을 시킨 사람들은 모두가 불의인 것처럼 설쳐대는 모습들을 보고 있으면 조직에서 퇴출당한 이유를 알 만하다는 생각마저 든다.

　공천을 받지 못하는 사람의 마음이야 좋지 않은 것이 당연하다고 하겠지만 많은 사람을 모두 공천할 수 없기 때문에 부득이 떨쳐내어야 하는 사람의 마음도 편하지는 않을 것이다. 아무리 자신의 편이 아니었거나 설혹 눈엣가시처럼 여기고 좋아하지 않았거나 원망하던 관계라고 하더라도 나쁜 혹 하나를 떼어낸 것처럼 홀가분한 마음은 아닐

것이다.

정치인들의 이러한 볼썽사나운 모습이 그들만의 권력 투쟁으로 끝나는 것이 아니라 국론의 분열을 가져오게 됨으로써 국력을 약하게 만들고 국민을 불행으로 몰아가기 때문에 국민들이 좋아하지 않는다는 것을 그들은 알아야 한다. 아무리 막강한 조직도 내부 분열이 일어나면 약하게 되어 와해(瓦解)되고 만다. 커다란 나무가 작은 벌레나 곤충 혹은 병균 등으로 인하여 고사(枯死)하듯이 내부의 작은 갈등이 전체를 망가뜨리게 되기 때문이다.

정치가들뿐만 아니라 정부의 힘 있는 기관에 근무하면서 권력을 누렸던 사람들이 자신의 직무와 관련된 업무를 폭로하거나 국가의 중요한 기밀을 누설하여 국민들을 우울하게 만드는 일이 자주 발생하고 있는 것도 문제다. 공직자는 그 직무와 관련하여 취득한 비밀을 지키고 유지할 의무가 있다. 비록 그것이 정당하지 못한 일일지라도 국익을 해칠 수 있는 사안이라면 목숨을 바치는 한이 있더라도 지킬 의무가 있다. 그래서 공무원이 힘이 들고 무한한 인내와 높은 도덕성이 요구되는 것이다. 시류(時流)에 따라 흘러 다니며 자신의 이익을 우선으로 하고 이해득실에 따라 행동하고 싶은 사람은 공무원을 하지 말아야 한다.

공직 사회뿐만 아니라 크고 작은 조직이나 집단 혹은 직장에서도 마찬가지여서 많은 사람을 이끌고 조직을 유지해나가다 보면 언제나 좋은 날만 이어지는 것은 아니며 어렵고 힘든 시기도 있기 마련이다. 모두를 품어서 함께하고 싶지만 그렇게 하지 못하거나 혹은 전체를 위해서 ※읍참마속(泣斬馬謖)의 심정으로 떨쳐 내어야 할 경우도 있다.

자신이 몸담아서 수많은 날을 함께하였음에도 사정에 따라서 조직에서 도태를 당하게 되면 원망을 하거나 회생 불능의 어려운 지경으로 몰아넣기도 하고, 많은 투자를 하여 힘들게 개발한 새로운 기술이나 노하우(knowhow)를 빼돌려서 자신만의 야심을 채우기도 하고, 라이벌(rival) 기업에 팔아넘기거나 자금을 횡령하여 기업을 어렵게 만들기도 하는 올바르지 못한 사례들을 가끔씩 보게 된다. 개인의 그릇된 욕심과 판단이 국가적인 손실을 끼침은 물론 여러 사람들을 불행하게 만든다.

크게 잘못한 것도 없는데 기대에 미치지 못하는 처우를 당하면 당연히 원망하는 마음이 생기고 앙갚음을 하고 싶어지는 것이 사람의 마음이다. 그렇지만 조금은 더 생각하고 신중하게 처신을 하는 것이 그때의 기분에 따라서 함부로 행동하는 것보다는 좋겠다는 생각을 해본다. 그것이 자신의 장래나 소속 집단의 이익에 도움이 되는 것은 말할 것도 없고, 사회를 위해서도 바람직한 일이기 때문이다.

나무에서 떨어져 나간 낙엽이 자신을 움틔워서 길러준 나무를 위하여 썩어서 거름이 되어 자양분이 되는 것처럼 자신이 소속하고 있었거나 몸담고 있는 단체와 직장과 가정이 잘되는 것이 곧 자신의 힘이 되고 행복을 가져다주는 원천이라는 것을 알고 최선을 다하여 지키고 가꾸어나가는 자세가 필요하지 않을까.

※ 읍참마속(泣斬馬謖)

'울며 마속(馬謖)의 목을 베다'라는 뜻으로 <삼국지(三國志)>의 <촉지(蜀志) 마속전(馬謖傳)>에서 유래된 말이다. 촉(蜀)나라의 제갈량(諸葛亮)은 그의 의아들인 마속의 재능을 아낀 나머지 유비(劉備)의 유언을 저버리면서까지 중용을 하였으나, 마속은 가정(街亭)의 싸움에서 제갈량의 명령과 지시를 따르지 않고 제멋대로 싸우다가 패하였다. 이에 제갈량은 마속을 아끼는 마음을 누르고 군율에 따라 목을 베어 전군의 본보기로 삼았다는 데서 유래하여 읍참마속은 사사로운 감정을 버리고 엄정하게 법을 지킴으로써 기강을 바로 세우는 일을 비유하는 고사성어다.

데자뷰(déjà vu) 현상

　살다 보면 간혹 이상하고 이해하기 어려운 경험을 하게 되는데 어떤 낯선 사물이나 경치와 환경, 혹은 사람에 대하여 무엇인가 확실하게 손에 잡히는 것이 없어서 알 수는 없지만 분명히 어디에서인가 혹은 어느 때인가 알고 있었던 것처럼 익고 친숙하다거나, 이전에 경험을 했었던 것 같다는 느낌을 가지게 되는 경우가 있다.

　길을 걷다가 문득 스치고 지나가는 사람이 처음 보는 사람인데도 불구하고 어디서 많이 보았거나 안면이 있는 느낌이 강하게 들어서 저 사람을 어디서 보았더라 하고 의아해하거나, 분명히 잘 아는 사람이라 생각하고 반갑게 인사를 하였는데 상대방이 몰라보고 의아하게 생각하는 눈치여서 민망함을 느끼고는 가만히 생각을 해보면 낯선 사람이었다든지, 이전에 가본 경험이 전혀 없고 처음으로 가보는 장소인데도 예전에 보았던 것같이 낯설지 않고 친숙한 느낌이 들거나 친밀한 감정을 갖게 된다든지, 처음으로 대하는 장소나 사물임에도 과거에 보았거나 혹은 알고 있었던 것처럼 생소하지 않은 느낌을 가지게 되는 경우도 있다. 이러한 일들에 대해 주변의 사람들과 이야기를 나누다 보면 이상하게도 다른 사람들도 비슷한 경험들을 가지고 있었다. 무엇 때문에 이러한 일들이 일어나는 것일까.

이들 현상에 대하여 종교적인 해석을 하는 사람이 있는가 하면 다른 쪽에서는 전생 기억으로 해석하는 사람들도 있다. 그러나 어느 편이든 시원하게 이것이다 하고 해답을 명쾌하게 내리는 쪽은 없으며 분명한 것은 자주 일어나는 현상은 아니지만 나 자신도 이해하기 어려운 이상한 경험을 한 적이 있었으며 또 일어날 수 있다는 것이다.

1900년 프랑스의 의학자 플로랑스 아르노(Florance Arnaud)가 처음으로 예전에 경험하지 않았으나 마치 경험을 한 것처럼 느껴지는 현상에 대하여 규정을 한 이후, 이해하기 어려운 초능력 현상에 강한 관심을 가지고 있던 에밀 보아락(Emile Boirac, 1851~1917)이 처음으로 데자뷰(déjà vu)라는 용어를 사용한 것으로 알려져 있다.

보아락은 데자뷰 현상의 원인을 잊어버린 과거의 경험이나 무의식에서 비롯된 기억의 재현이 아니라, 그 자체로서 이상하다고 느끼는 뇌의 신경 화학적 요인에 의한 것이라고 해석하였다. 데자뷰 현상은 분명히 처음 가본 곳인데 이전에 와본 적이 있다고 느끼거나, 처음으로 하는 일이지만 이전에 똑같은 일을 한 것처럼 느껴지는 것이라고 한다.

가끔씩 지금 하고 있는 일이나 주변의 환경이 마치 이전에 경험을 하였던 것과 같은 느낌이 들 때가 있다. 대부분은 꿈속에서 본 적이 있는 것 같다는 말을 하기도 하는데 사람의 뇌는 엄청난 기억력을 가지고 있어서 스치듯이 한 번 본 것도 잊어버리지 않고 차곡차곡 뇌세포 속에 저장하고 있는데 이렇게 저장된 정보들을 모두 꺼내어 활용할 수 있는 것은 아니며 자주 보고 접하고 경험하는 것들만 꺼내 볼 수 있다고 한다. 하지만 사람의 뇌는 훨씬 많은 것들을 기억하고 있기 때문에 우리가 무의식중에 했던 일을 다시 하게 되거나 이전에 방문했던 곳에 다시 갔을 때 처음 하는 일 같은데 아련히 똑같은 경험을 한 것처럼 느끼게 된다는 것이다.

데자뷰 현상과는 다르게 철학이나 명리(命理)와 같은 전문적인 공부를 전혀 하지 않았음에도 불구하고 멀쩡하던 사람이 어느 날 갑자기 신(神)내림을 받았다고 하여 다른 사람의 생활이나 과거 기억을 직접 경험하고 보기라도 한 것처럼 알아맞힌다거나 앞으로 일어날 미래를 예언하기도 하며, 영적(靈的)인 분야에 관하여 공부를 하지 않았으나 일반인의 상식으로는 이해하기 어려운 이상한 언어들을 쉼 없이 쏟아내기도 하고 날카로운 칼이나 작두날 위에서 뛰기도 하는 등 상식의 한계를 뛰어넘는 특이한 초능력적 행동이나 과학적인 해석과 논리로 설명하기 어려운 행위를 하는 경우도 있는가 하면, 산과 강은 말할 것도 없고 나무나 바위 등과 같은 자연물에 대하여 영적(靈的)인 느낌을 경험한다거나 심리적으로 의지를 하기도 하고 영험(靈驗)을 얻었다고 하는 경우도 있다. 잠을 자다가 꿈을 통하여 행복과 불행을 예측하기도 하고, 희망하는 일들이 성취되기를 기원하기도 하며, 복권에 당첨되고 산삼을 캐었다거나 하는 등 의외의 행운들에 대하여도 꿈을 통하여 이루어졌다고 하기도 한다.

이처럼 우리는 살아가면서 과학이나 학문을 통해 논리로 해석하거나 이론적으로 이해하고 설명하기 어려운 경험들을 하게 되며, 이러한 현상들을 통하여 마음에 위안을 받거나 상처를 받기도 하고 자신의 소망이 이루어지기를 기원하기도 한다. 하지만 기원의 성취 여부와는 상관없이 그러한 불가사의한 현상들을 통하여 자연에 대한 경이(驚異)와 두려움을 가지게 되고, 더불어서 자연 앞에 겸손해

지거나 자연 속으로 더욱 가까이 다가갈 수 있는 것은 아
닐는지.

어떤 어울림

평소에 알고 지내던 지인에게서 자그마한 돌 하나를 얻었다. 마루의 구석자리 다른 돌[壽石]들 사이에 별다른 의미도 없이 놓여 있었던 것인데 보기에 따라서 동물의 형태를 하고 있다. 그런데 이전에 어떤 기회에 얻게 되어 크게 관심을 끌지는 못하였지만 나름대로는 송아지의 형상을 하고 있다는 생각을 하고 보관하여왔던 작은 돌 하나와 마주 놓고 보니 멋지게 어울린다. 보는 사람의 느낌에 따라서 차이는 있겠지만 마치 목을 길게 뽑아 올리고 새끼를 부르는 어미 소와 어미를 따르는 송아지를 닮은 것 같기도 하고, 굳센 힘줄이 솟아 역동적인 형상으로 목을 길게 뽑아 올리고 짝을 부르는 황소와 그 앞에 다소곳하게 서서 수줍은 모습을 하고 있는 암소 같기도 한 두 개의 돌이 너무도 자연스럽다.

돌을 마주 세워놓고 보고 있으니 이런 것이 바로 어울

림이구나 하는 생각이 들었다. 제각기 하나의 개체로 있을 때에는 단순하게 어떤 형상만 띠었을 뿐이었는데 이렇게 함께 두고 보니 돌로서의 본질을 떠나서 어떤 생명이라도 가진 것처럼 보기 좋은 쌍을 이룬다.

다소 큰 것은 지리산의 어느 골짜기에서 수많은 돌들 틈에 뒹굴고 있었을 것이고 작은 것은 통영의 어느 바닷가 모래 속에 묻혀서 파도에 씻기고 있었을 것이지만 인연이 있어서 이렇게 마주 서서 짝을 이루어 보기 좋은 모습으로 어울리고 있다.

어디 이들뿐이겠는가. 작은 돌덩이들이 서로를 받들고 누르고 맞물려가며 쌓인 돌담이 얼마나 아름답게 조화를 이루며 바람을 받아주고 외인의 부단한 접근을 막아주는 외에도 보는 사람의 눈을 즐겁게 만드는가. 크고 작은 돌들을 쌓아 교각(橋脚)을 만들고 그 위에 다소 큰 돌을 얹어서 만든 농다리[籠橋]는 거센 물살에도 1000년이 넘는 세월을 버텨내며, 사람들이 발을 물에 담그지 않고서도 웬만한 개울을 안전하게 건널 수 있게 해주는 징검다리, 사람들의 눈을 즐겁게 하고 마음을 안정되게 하며 정신을 순화시키는 조각과 각종 예술 작품, 건축물에 사용되는 돌, 사람의 일상생활에 널리 이용되는 것 외에도 금이나 다이

아몬드 같은 귀금속이나 천연(天然)의 자원을 품어 간직한 돌들이 인간의 생활과 밀접한 연관을 맺고 있다.

어떤 돌은 불상(佛像)이나 탑(塔. pagoda), 승탑(僧塔. 浮屠, 浮圖) 혹은 선신(善神)의 형상으로 조각되어 사람들의 기원과 숭배를 받기도 하고 어떤 돌은 악신(惡神)의 형태가 되어 공포와 두려움의 대상이 되기도 하며, 비석이 되어 역사를 간직하여 앞서 살다 간 사람들의 행적을 후세 사람들에게 전하여주기도 하고, 동물이나 식물의 형태로 조각되어 생활과 연관을 맺기도 하면서 사람들의 정신세계에 깊이 관여하기도 하고, 때로는 해태 상처럼 불을 막아준다거나 특정한 장소에 탑을 세워 지기(地氣)를 다스리는 비보물(裨補物)로 이용되기도 하여 믿음과 신뢰의 대상이 되기도 한다. 어떤 돌들은 부서지고 깨어져서 건물을 짓거나 도로를 만드는 재료로 이용되는가 하면 둑을 쌓아 물을 가두고 바다를 메워서 육지를 넓히는 용도로 사용되기도 한다. 이처럼 주변에 흔하게 널려 있는 돌덩이일지라도 사람들이 생각하고 이용하는 용도에 따라서 그 가치와 의미를 달리하고 있다.

시기와 장소에 따라서 돌은 사람과 생물을 해치는 흉기가 되는가 하면 생명을 살리는 도구가 되기도 하는데, 사냥을 위한 도구가 되기도 하고 때로는 적을 물리치는 무기가 되기도 하였으며, 성(城)을 쌓은 돌은 외적을 막아 내는 방어벽이 되기도 하였지만 상대편의 성을 공격하는 무기가 되기도 하였다.

이러한 것이 어찌 돌뿐이겠는가. 식물이 그렇고 동물도 그렇다. 수많은 동식물들 가운데 음식물이 되는 식물이나 동물은 영양분으로 사람의 피가 되고 살과 뼈가 되어 몸을 이루며, 각종 조형물이나 의복과 장신구 같은 생활의 도구가 되기도 하는 등 인간의 생활을 풍요롭게 만든다.

사람 사이의 인연과 어울림은 더욱 그렇다. 어느 유행가 가사처럼 '모래알같이 많은 사람들과 별같이 많은 사람들' 가운데서 부모와 자식으로 만나고 형제와 자매로 혹은 친구로 만나기도 하고 스승과 제자, 동창생, 이웃, 직장의 동료, 종교, 전우(戰友), 같은 회원이나 계군 등 여러 가지 이유로 서로가 인연을 맺고 함께 어울리며 살아간다.

수많은 사람들 가운데 한 번이라도 얼굴을 보고 이름을 들어보거나 길거리에서 잠깐이라도 스치고 지나갈 수 있는 확률은 몇 퍼센트나 될까. 우리가 어떠한 환경에서 어떤 조건으로 만났든 지금 내가 인연을 맺고 어울리며 살아가고 있는 사람이 가장 소중한 사람이다. 그리고 자신의 주변을 감싸고 있는 환경은 어느 것 하나라도 소홀하게 대하지 말고 아프게 하지 말아야 할 가장 소중한 인연들이다. (2012. 3. 23.)

또 다른 만남

졸업은 마침이 아니라 새로운 과정의 시작이라면 퇴직은 그동안 몸담아 열심히 일하여 가족의 생계를 꾸리고 사회생활을 유지하는 원천이 되었던 직장에서 물러나 또 다른 삶을 향하는 시작이라 할 수 있을 것이다.

관계를 맺고 지내던 사람들이 마치 썰물이 빠져나가듯 멀어져가는 것은 제쳐두고라도 오랫동안 정형화된 생활에 갑자기 찾아온 공허감에 당황하기 쉽고 자칫 무료와 허탈감을 느끼고 정신적인 공황을 가질 수도 있지만, 개인에 따라서는 살아온 경험을 살려서 창업을 하거나 봉사 활동을 하기도 하고 새로운 분야에 도전을 하며 또 다른 일자리를 구하거나 자신만의 일을 찾아서 도전을 하기도 하며, 시간과 정신적인 여유를 누려가면서 예술이나 취미 생활 등에 발을 내딛어 즐겁고 보람 있는 나머지 삶을 꾸려가기도 한다.

정년퇴직이라는 이름으로 오랫동안 몸담았던 직장에서 나와 후련함과 자유스러움에 홀가분한 마음으로 편안하다는 기분을 누리는 것도 잠시, 앞으로 무엇을 하면서 살아야 할 것인가? 무엇인가 가치 있는 일을 하면서 보람된 삶을 살아야 할 것인데… 아무런 의미도 없이 지낼 수는 없지 않은가 하는 작지 않은 고민과 더불어 아침을 먹고 나면 갈 곳이 없을 뿐만 아니라 어디를 간다고 하여도 복장부터가 신경이 쓰이는 것이 직장에서 일할 때에는 정장차림이면 해결이 되었지만 이제는 나들이를 하면서 넥타이를 매고 정장을 한 반듯한 복장은 어울리지 않는다.

적당한 소일거리나 할 일이 없으니 편안함보다는 무료함이 오히려 스트레스로 다가온다. 그동안의 지식과 경험을 살려서 새롭게 일을 할 수만 있다면 더없이 좋겠지만 현실은 그렇게 만만한 것이 아니지 않은가.

60이라면 한창 일을 할 수 있는 나이로 나름대로의 경험과 지식은 물론 의욕이 있고 아직은 일을 더 할 수 있는데… 하고 느끼는 것은 혼자만의 생각에 불과할 뿐 막상 이렇다 할 새로운 일거리를 만든다는 것이 쉽지 않다. 다른 사람들과 어울리는 것도 한계가 있어서 함께 놀아줄 사람이 없는 것은 말할 것도 없고 사람들과 자연스럽게 어울리는 것도 오랜 생활과 학습을 통해 습관이 들어야 하는 것이어서 아무나 할 수 있는 것이 아니다. 종류와 방법이나 장소는 물론 생각하고 세상을 바라보는 눈이 비슷하여 대화의 내용이나 폭이 동질성을 갖는다면 좋겠지만 대부분은 그렇지 못하기 때문에 어려움이 있다.

직장을 가졌을 때에 가깝다고 생각했던 사람들은 먼 곳에 있거나 그들의 필요에 의하여 만났으므로 자리에서 떠나는 순간 멀어져가고, 가까이에 있는 친구와 지인(知人)도 그들의 일과 생활이 있기에 자주 어울려줄 수 없을 뿐만 아니라 식구들마저도 대하는 것이 다르다는 생각을 하게 되면 자칫 소외감을 느끼고 자기만의 함정으로 빠져들기 쉽다.

그동안의 경력이나 지식은 물론 나름대로 열심히 노력하며 힘들게 취득한 학력을 비롯한 각종 자격증, 직위 혹은 상장(賞狀) 같은 이력(履歷)들이 직장을 나서자 마치 농사에 사용되던 농기구가 농사일이 끝나서 농부의 손을 떠나면 한쪽으로 밀려나고 녹이 슬어가듯이 용도를 다한 기계처럼 자기 머릿속에서만 맴돌고 있을 뿐 누구에게도 도움이 되지 않는 낡고 용도 폐기가 된 도구가 되어버렸다는 기분을 떨칠 수가 없다.

몇 년을 더 건강을 유지하며 살아갈지 알 수는 없지만

적어도 생활이 있고 머리와 신체가 활발하게 움직이는 동안에는 무엇인가 보람되고 가치 있는 삶을 살아야 할 것인데 하는 생각이 가득하지만 그렇다고 전혀 경험이 없는 새로운 일에 뛰어들어 투자를 하거나 모험을 하기에는 자신감과 자본이 없고 반드시 성공을 한다는 확실한 보장도 없으며 자칫 실패라도 하게 된다면 일어설 수 있는 기회는 더욱 없을 것이라는 두려움이 앞서 현실에 적응을 한다는 것이 쉽지 않다는 생각과 함께 무엇인가 자신만의 생활을 즐기고 소일할 수 있는 거리를 찾아보게 되었다. 바쁘게 움직이고 활동을 해야만 게을러지지 않고 건강한 삶을 유지할 수 있을 것이 아닌가. 게으름은 정신과 육신을 병들게 할 뿐이다.

주위에서 골프나 등산 등을 권하기도 하지만 그러한 것은 건강을 유지하고 여가시간을 보내기 위하여 필요한 것으로 매일의 일과처럼 할 수 있는 것은 아닐뿐더러 함께 동행을 해주는 상대와 그에 필요한 여유도 어느 정도는 있어야 한다. 더구나 지출이 큰 오락이나 레저(leisure activities)로 여러 사람과 자주 어울리다 보면 자연히 분수에 넘치는 소비가 있어야 할 것이므로 연금에 의지하여 살아가는 경제력으로는 소외감마저 느낄 수 있고, 그에 따른 스트레스라도 받게 된다면 차라리 하지 않는 것보다 못할 수 있어서 망설임이 앞선다.

대부분은 퇴직을 하고 시간적인 여유가 있으므로 정보화 교육, 약초 등과 같은 각종 강좌에 참여하기도 하고 서예, 문인화, 초상화 혹은 색소폰 연주 등과 같은 예술·예능 분야에 관심을 갖고서 배우기도 한다. 그동안은 시간이나 여유가 없어서 해보지 못하고 살아왔지만 이제 시간은 자유롭게 낼 수가 있으므로 수시로 가족과 함께 국내의 관광지나 유적지 등에 답사 여행을 다니기도 하고 해외여행도 다녀보고 경험하지 못하였던 새로운 분야의 학습과 체험들을 해보았다. 하지만 매일같이 이어지는 일이 아니므로 무엇인가 바람직한 소일거리를 찾아 여러 교육 과정에 참여하여보았으나 마음에 드는 과정이 없어 재미를 느끼지 못하다가 '서각(書刻)'을 만났다.

서각은 기초를 익혀가면서 단기간에 자기만족을 느낄 수 있으며 작업을 하다가도 다른 볼일이 생기면 중지하고 볼일을 끝내고 나서 다시 이어갈 수 있을 뿐만 아니라 마음에 들지 않는 부분이 있으면 수정을 하고 손질을 할 수 있는 장점이 있으므로 초보자도 쉽게 접근할 수 있어서 좋다. 단지 날이 예리한 칼과 망치를 사용하는 작업이므로 다치지 않도록 안전에 주의가 필요하고 도구를 사용하는 작업이므로 소음이 발생하고 나무 조각들과 물감이 쓰레기를 발생시키므로 별도의 작업 공간이 필요하다.

새기는[刻] 작업을 완성하면 물감으로 채색을 하여 마무리를 하게 되는데 사람이 화장을 하여 곱게 꾸미듯이 채색의 상태에 따라서 작품을 멋지게 살려낼 수 있으므로 색상에 대한 상식이 있으면 세련되고 좋은 작품을 만드는 데 도움이 된다.

체계적으로 공부를 하지 않았으므로 정립된 이론이나 정의(正意)와 역사를 찾기가 쉽지 않아 단순히 서각은 '그림이나 글씨를 나무나 돌 혹은 금속에 새기는 것' 정도로 알고 있었지만 늦깎이로 시작을 하였으므로 굳이 이론적인 바탕을 찾기에는 무리가 있을 것 같아 우선적으로 기능부터 익혀가고 있어서 서각이 조각(彫刻)이나 공예(工藝), 전각(篆刻) 등과 어떤 차이가 있으며 어떻게 경계를 지어 뚜렷하게 구분을 할 것인가 하는 것이 쉽지가 않다.

비록 입문에 불과한 짧은 기간 동안 얻은 어설픈 상식이기는 하지만 서각은 퇴직을 하고서 취미로 배우고자 한다면 특별한 기능이 필요하거나 오랜 기간이 소요되는 것도 아니므로 여가 활용과 더불어 다른 분야의 사람들과 교유할 기회가 생기고 주위에 정성을 담은 선물이라도 할 수 있으며, 시간에 쫓기지 않으면서 접근이 쉽고 남이 복사를 하거나 흉내 낼 수 없는 자신만의 작품을 만들 수 있어서 시간 가는 것을 모를 정도로 몰입을 하게 되는 재미가 있는 분야이다. 더불어서 성격을 차분하게 다듬어나가는 자기 수련을 할 수도 있을 뿐 아니라 이전에 가깝게 접근하지 못하였던 선인들의 사상이나 고사성어(故事成語)에 보다 가깝게 다가가서 이해할 수 있으며 새로운 분야에 흥미를 가지게 되어 생활에 활력소가 된다.

더하여 주위에 흔하게 널려 있는 나무에 관심이 가고 어쩌면 버려지고 썩어서 의미 없이 사라져버릴 나무판자에 사람들이 즐기고 감상할 수 있는 볼거리를 만들거나 교훈이 되는 명언(名言) 명구(名句)를 새겨서 안방으로 불러들이게 된다면 또 다른 생명을 불어넣는 보람 있는 일이 되리라.

퇴직을 하고 나서도 일을 할 수 있는 직장이나 소일거리가 있다면 좋겠지만 그렇지 못하거나 일을 하고 있더라도 여유가 있다면 자신의 취미와 적성에 맞는 거리를 만들어 하루하루를 즐겁고 바쁘게 보내는 한편 인생의 황혼에 건강을 지키고 아름답게 살아가기 위하여 주위에 의지하거나 위축되지 말고 무엇이든 보람 있는 일을 찾아서 당당하게 살아가는 것이 가치 있고 행복한 삶이라 생각한다.
(2011. 9.)

마음이 가는 것만큼 보인다

  같은 사물을 보고 있어도 마음의 희비(喜悲)나 처해진 상황 등에 따라서 느낌이나 감동은 확연(確然)하게 차이가 난다. 눈으로는 아무리 아름다운 경치나 뛰어난 예술품을 보고 있더라도 마음이 즐겁지 못하고 불편하다면 그 아름다움이나 가치를 느끼기 어렵고, 아무리 아름답고 좋은 말을 기록해놓은 책을 읽고 아름다운 사진이나 그림을 보아도 마음이 안정되지 못하고 걱정이나 고민 같은 다른 생각들로 메워져 있다면 감명(感銘)을 받지 못하며, 잘생기고 멋진 이성을 만나더라도 마음의 상태나 환경에 따라 느껴지는 매력에는 차이가 나고, 귀로는 아무리 좋은 말과 음악이나 흥겨운 노래를 들어도 마음이 불안하거나 근심과 두려움 등으로 메워져 있다면 감동이 일지 않는다.

  거울 앞에서 자신만이 아니라 어떤 사물을 비춰보면 외형밖에 볼 수가 없는데, 거울은 있는 그대로만 보여줄 뿐 그 품고 있는 내면까지는 보여줄 수 없기 때문이다.

　외형은 꾸밈에 따라서 어느 정도는 달라질 수 있다. 그러나 마음은 내면의 거울이어서 꾸밈없는 자신만의 속을 그대로 보고 느낄 수가 있다. 설령 성형을 하거나 화장을 잘 하고 좋은 의복과 장신구 등으로 외모를 꾸미고 웃음 지은 얼굴과 가식된 말이나 행동으로 다른 사람을 현혹하거나 눈가림을 하고, 훈련된 모습으로 다른 사람을 속일 수 있을지는 몰라도 내면에 간직하고 있는 양심의 거울에 비치는 진정한 자신을 속일 수는 없다.

　우리는 많은 것을 보고 느끼며 배우거나 경험을 하면서 살아간다. 무심코 지나치면 감동을 받기 어려운 일이나 사물들도 마음이 가면 새롭게 보이기도 하고 때로는 벅찬 감동을 느끼게 되는 경우가 있으며, 길섶에 핀 야생화 한 송이도 자세히 보면 너무나 아름답고 신기한 모습으로 느껴지는가 하면 풀숲에서 꼼지락대는 한 마리의 작은 곤충이 새롭고 경이로운 감동으로 다가오는 경우도 있다.

　일상에서 흔하게 오고 가는 대화 속에서도 성인(聖人)의 말씀보다 더 값진 진리를 깨우칠 수 있으며 평범한 사람들의 말과 행동들을 통하여 사람으로서의 진정한 도리(道理)를 느끼고 배우는 경우도 있다.

같은 사물을 보거나 일상적인 일을 할지라도 그때의 기분과 입장에 따라서 감동이 다르고, 처한 상황이나 분위기에 의하여 생각이나 감동을 달리하거나 느낌이 달라지며, 연륜과 직업에 따라서 달리할 수도 있다. 예를 들면 같은 땅을 놓고서도 건축이나 토목과 관련된 일을 하는 사람은 집이나 건물을 짓거나 시설을 하면 어느 정도의 수익을 남기겠다는 계산을 우선으로 하지만 농사를 짓는 사람은 어떤 농작물을 재배하는 것이 좋을 것인가를 생각하게 되며, 글을 쓰는 사람은 감동을 주는 문장을 떠올리고, 관광업에 종사하는 사람은 더 좋은 볼거리를 만들 수 있을까를 고민하며, 부동산 거래를 하는 사람은 되돌려 팔아서 더 많은 차액을 남기는 방법을 우선적으로 생각하게 될 것이다.

　꽃이 피고 꿀벌들이 부지런히 드나드는 벌통 앞에서 지켜보면 수없이 앵앵거리며 날아다니는 벌들이 무질서하게 날아다니는 것 같이 보여도 서로 부딪치는 일 없이 저마다의 역할들을 엄격하게 분담하고 있다. 조그마한 다리에 꽃가루 뭉치를 잔뜩 발라서 날기조차 힘들게 돌아오고, 벌통 안에서 죽은 시체와 쓰레기들을 밖으로 물어 내어 청소를 하고, 외적의 침입이나 위해(危害)를 목숨을 걸고 막아내기도 하고 더위를 식히기 위하여 쉬지 않고 날개를 휘

저어대고…, 수많은 벌떼가 혼잡하게 날아다니는데도 서로의 역할에 충실하면서 다치는 일도 없이 부단하게 드나드는 것이 재미가 있기도 하지만 저마다의 주어진 임무를 일사불란(一絲不亂)하게 해내는 것이 놀랍기도 하다.

조그마한 개미들이 무리를 이루고 질서정연하게 줄을 지어 어디론가 이동하는 모습을 보고 있으면 흥미롭기까지 하다. 무엇 때문에 어디로 가는 것인지는 모르겠지만 마치 군인들이 행군을 하듯이 움직이는 모습은 그들 나름의 임무와 역할을 가지고 규칙과 질서에 따르는 것이리라.

마음의 여유를 가지고 관심을 쏟아 주변을 둘러보면 아름답고 경이로운 일들이 너무나 많다. 대중교통을 이용하면서 차를 기다리는 정류장에서, 혹은 차를 타고서 사람들의 행동이나 복장에 관심을 가지고 지켜보는 것도 재미있다. 빠른 손놀림으로 전화기의 문자판을 쉴 사이 없이 두드리는 청소년, 전화기에 이어폰을 꽂고 무엇인가를 열심히 듣고 있는 사람, 누군가와 통화를 하는 사람, 무리 지어 웃고 시끌벅적하게 이야기를 주고받는 사람들, 손을 잡거나 어깨를 껴안고 즐거움으로 가득 찬 젊은 연인… 사람들마다 자신만의 개성에 따른 의상과 신발, 가방, 장신구, 각자의 행동과 표정이 각기 다르고 특징이 있다. 도로를 달리는 자동차도 각양각색이며 가로수와 거리의 간판들에도 각기 저마다의 얼굴과 특색이 있다.

자연을 보고 느끼는 감정도 사람의 마음이나 입장에 따라서 달라진다. 대도시의 빌딩숲과 포장된 도로 같은 딱딱한 환경 속에서 생활에 쫓기며 바쁘게 살아가는 사람들은 계절의 변화를 감정으로 느끼기보다는 추운 겨울이면 난방기를 켜고 따뜻한 옷을 입고 무더운 여름이면 에어컨을 켜고 옷을 얇게 입는 정도가 전부일 수 있다. 농촌에서 농사를 짓는 농부는 변하는 계절 속에서 봄이 오면 각종 농사일에 여념이 없고 여름이면 농작물을 해치는 잡초나 각종 병충해와 씨름하기 바쁘고 가을이면 수확으로 땀을 흘리면서 계절의 변화에 따른 감동을 느끼기가 쉽지가 않다. 반면에 감성이 풍부한 사춘기 청소년과 시인 문객이 눈으로 보고 가슴으로 느끼는 계절의 변화는 가슴 벅찬 감동을 가져다주기도 한다.

살아가면서 조금만 여유를 갖고 자연을 느껴보자. 봄이면 저마다 형형색색으로 피는 꽃의 향기와 겨우내 모진 추위를 이겨내고 움을 틔우고 두꺼운 껍질을 헤집고 솟아나는 나무의 새순과 비를 맞고 땅속에서 솟아오르는 새로운 생명들의 신비를 느껴보자. 그렇게 피어난 옅은 연두색의 나뭇잎들이 상록수의 짙은 색깔들과 어우러져 산과 들을 아름답게 물들이고 계절이 깊어갈수록 차츰 진한 색깔로 바뀌어가는 모습을 바라보고, 여름철 무더위 속에서도 시원한 나무 그늘 우거진 숲길을 걸으며 갯바람도 맞아보자. 가을이면 각가지 색상의 단풍과 꽃, 과일과 각종의 열매들로 장식을 하고 겨울에는 상록의 짙은 색과 잎새를 떨쳐낸 나무들이 어우러지고 눈이라도 내리면 순백의 향연을 펼치면서 사람의 감성을 자극하여 온갖 아름다운 생각과 말들을 쏟아내고 찬탄의 글들을 쓰게 한다.

자연은 그대로 자신의 생명을 이어가기 위하여 주어진 역할을 하고 있을 뿐인데 사람이 자신들의 감성에 따라 미사여구(美辭麗句)를 지어내고 자연에 이름을 붙여서 등급을 매기지만 무심코 지나치거나 보아 넘긴 경관이나 사물들이 어느 순간 관심을 가지고 마음을 열어 자세히 보게 되면 새로운 느낌과 감동의 바이러스를 감염시킨다.

사람마다 보는 눈이 다르고 느끼는 감정이 다르기는 하지만 항상 즐겁고 긍정적인 마음으로 사물을 보고 느끼다 보면 자연히 마음이 아름다운 것들로 메워지고 생활마저 즐거워진다.

마음의 안정과 즐거움은 육신의 건강이 수반되어야 하지만 육신의 건강은 마음의 즐거움이 함께하여야 하는 것으로 마음의 고통은 육신의 질병을 불러오는 가장 으뜸이 되는 요소로 작용하기도 한다. 언제나 열린 마음으로 삶의 질을 높이고 즐겁고 건강한 생활을 영위하기 위하여 긍정적인 사고와 진취적인 생각이 필요하다. 모든 사물을 무심코 지나치기보다는 관심을 가지고 관찰하고 생각을 하면서 살아보자. 너무나 많은 것을 볼 수 있고 감동을 받을 수가 있으며 그 속에 진정한 즐거움과 행복이 있다. 마음이 가는 것만큼 보이고, 보이는 것만큼 느끼게 되는 것이다.

행복의 잣대

　행복을 만들어 가꾸고 꾸려나가면서 누리는 주인공은 그 누구도 아닌 바로 자신이다. 불평과 불만을 품고 궁색한 생각이나 처신을 한다고 들어주거나 문제를 해결해줄 사람은 아무도 없다. 행복은 남이 아닌 자신의 생각과 행동 그리고 생활 습관이 만들어가는 것으로 순간의 쾌락이나 만족을 위한 행위는 불행의 종자가 될 수 있지만 절제된 사고(思考)와 처신은 보람 있는 삶의 터전이 되어 행복의 숲을 키워나가는 밑거름이 된다.

　사람은 자신이 가진 사고와 의식 그리고 행위의 차이에 따라 행복과 불행이 정해지는 것이어서 아무리 많은 것을 가지고 누리면서 살아도 만족감을 느끼지 못하고 더 많은 것을 가지려고만 한다면 가난하고 불행한 삶이지만, 비록 많은 것을 가지지 않았다고 하더라도 가진 것만큼 만족하고 즐거운 생각과 감사하는 마음으로 살아간다면 행복한 삶이라 할 수 있을 것이다.

냉정한 눈으로 본다면 많이 가졌다거나 적게 가졌다고 하는 것은 상대적인 비교일 뿐, 의식주에 크게 부족함이 없고 일상생활에 불편이 없을 정도의 재물을 소유하고 있으면서 신체가 건강하다면 마음가짐에 따라서 충분히 행복을 누릴 수 있다. 물질 만능 사회로 변천해 가면서 물질적으로는 아쉬움이 없이 누리고 살면서도 항상 부족함을 느끼고 더 좋은 것을 더 많이 가지고 다양한 욕구를 충족하기 위하여 실질적인 생활은 더욱 어려워하거나 힘들어진다고 생각하게 됨에 따라 각종 범죄의 유혹은 더욱 커지고 행복 지수는 상대적으로 낮아지고 있다고 볼 수 있지 않을까. 재산이 인간의 품격을 가늠하는 척도로 여겨지는 사회에서 열심히 일하여 재물을 벌어들이는 것은 정당하지만 의롭지 못한 수단과 방법들을 동원하여 재물을 모으는 것은 부당하다.

재물은 건강과 행복은 말할 것도 없고 명예와 권력을 누릴 수 있게 해주며 많은 사람에게 일자리를 만들어주고 행복을 가져다줄 수도 있고 다른 사람을 지배할 수 있게 하며 마음마저도 움직일 수 있게 한다. 그런가 하면 생활을 궁색하지 않게 하고 매사에 자신감을 갖고 당당하게 살아갈 수 있도록 해주거나 어렵고 불쌍한 사람들을 돕고 인정을 베풀어줌으로써 따뜻한 삶을 만들어주기도 하고 인류의 역사마저 바꿀 수 있는 힘을 가지고 있는 것이 자본의 위력이다.

인류의 역사를 크게 두 가지로 나누어 본다면 하나는 종교나 인종 간의 관념(ideologie)의 차이에서 빚어지는 갈등이며 다른 하나는 자본의 획득을 위한 쟁탈에서 빚어지는 것으로 볼 수 있을 것이다.

이처럼 재물이 대단한 위력을 가지기는 하였지만 아무리 많이 가졌다고 하더라도 자신과 더불어 여러 사람이 행복과 보람을 누리고 가치 있는 삶을 영위하기 위하여 사용되지 않는다면 아무런 소용이 없다. 모은다는 것은 사용하기 위하여 모으는 것이지 사용하지 않고 쌓아두기만 한다면 칼집에 넣어둔 칼과 다를 것이 없다. 보람되고 가치 있는 일을 위하여 사용될 때 비로소 재물로서의 참다운 가치가 있는 것이다.

재물은 양날을 가진 칼과 같아서 사용하는 사람의 용도에 따라서 천사의 얼굴을 하기도 하고 악마의 얼굴을 띠기도 한다. 어려운 사람들을 위하여 기부(寄附)를 하거나 적선(積善)을 하고 봉사를 하는 것도 궁극적으로는 다른 사람을 위한다기보다는 자신을 위하여 행하는 것이다. 선한 행위를 함으로써 자신의 행복감이 더 커지기 때문이다. 따라서 선한 행위 자체를 자신을 위한 것으로 생각하고 즐거운 마음으로 해야지 자랑을 하거나 생색을 내고 인기를 얻어서 자신의 영달이나 이익을 챙기기 위한 목적으로 행할 일은 아니다.

다른 사람을 돕고 선행을 베풀었다면 기분이 좋아지고 생활이 즐거워진다. 어린 시절 어머니의 심부름으로 이웃집에 무엇인가를 빌리거나 얻으러 가면 어딘지 모르게 마음이 편하지 않고 싫지만 무엇인가를 가져다주는 일이라면 즐겁고 기분이 좋아진 경험을 누구나 가졌을 것이다. 이처럼 다른 사람을 돕는다는 것은 남을 위한다기보다는 자신을 위하는 일이다.

남의 것을 빼앗거나 사기를 치고 위해(危害)를 가하는 등의 그릇된 일을 하여 자신의 양심을 속이고 이익을 챙기게 되면 당장은 부와 권세를 누리면서 살아갈 수 있을지 모르지만 본연의 속마음마저 편하지는 않을 것이다. 사기나 거짓으로 남을 속이거나 협박과 위협을 가하고 직위를 이용하는 등의 부정한 방법으로 재물을 취하고 권력과 명예를 얻게 되더라도 자신의 본심을 속이는 행위를 하였다면 진정으로 편안할 수는 없기 때문이다.

정당하거나 옳지 못한 방법으로 순간의 부귀와 영화를

누리고 당면한 위기에서 벗어나거나 법망에서 벗어날 수 있을지는 몰라도 자신의 양심까지 속일 수는 없을 것이므로 언제나 바른 생각과 올바른 행동을 하는 것이 자신은 말할 것도 없고 이 시대를 함께 살아가는 다른 사람의 행복을 위하여 반드시 필요하다.

행복은 많이 가졌다거나 많이 배우고 지위가 높거나 권력이 있다고 이루어지는 것은 아니다. 작은 일에도 만족을 느끼며 감사할 줄 알고 즐거워하는 마음이 중요하다.

"PD님, 저기 새소리 들리시죠?"

"아니, 들리지 않는데요."

"자세히 들어보세요, 뭐라고 하는지 아시겠어요?"

"아, 들리네요. 그냥 새소리지, 그래 뭐라고 하는데요?"

"괜찮아요, 라고 하지 않나요?"

"아니요, 그냥 새소리일 뿐인데요."

"우리가 도시에서 생활하다가 이곳에 와서 양봉을 시작했는데 첫해에는 날씨가 좋지 않아 벌꿀 수확량이 너무 적어서 여러 가지로 어렵기도 하고 실망감이 컸었는데, 그때 저 새 울음소리가 마치 '괜찮아요'라고 하는 것처럼 들렸어요. 그래서 아, 그래 괜찮다. 올해 못 벌면 내년에 벌면 되지 하는 생각이 드는 거예요. 그래서 용기를 얻게 되었는데 그날 이후로 저 새소리가 '괜찮아요'로 들리는 거예요."

"행복이 어디 있는지 아니껴?"
"모릅니다. 어디에 있습니까?"
"바로 코밑에 있지, 어디 있능교."
"코밑 어디에 있습니까?"
"기분이 좋으면 웃게 되고, 웃으면 코밑이 씰룩씰룩하지 않능교. 그러니까 행복이 코밑에 있지 어디 멀리 있는기 아인기라요."

"즐거운 날이 어느 날인지 아니껴?"
"어느 날입니까?"
"오늘이지 언젠교."
"왜 오늘입니까?"
"오늘이 즐거우면 일 년이 즐겁고, 일 년이 즐거우면 평생이 즐겁다 아잉교. 그러니까 즐거운 날은 바로 오늘이 아잉교."

2012년 7월의 어느 TV의 아침 방송에서 경북 영양의 일월산 자락에서 자리를 잡고 양봉을 하는 아주머니와, 산나물을 채취하는 70은 지났을 것 같은 이웃집 할머니 한 분이 방송 사회자와 나누는 대화이다.

양봉을 하는 아주머니는 복잡한 도시 생활을 떠나 어려움을 겪으면서 자연스럽게 취득하게 된 자연으로부터의 행복이라고 하더라도 깊은 산골 마을에서 평생을 살아오신 것 같은 그 할머니는 공부를 많이 했거나 사회생활을 폭넓게 한 것 같지도 않은, 그저 산골 오지에서 평범하게 살아오신 것 같은 그런 모습이다.

오랜 삶을 살아오면서 자연스럽게 체득한 자신만의 깨달음이기는 하지만 어떤 철학자나 훌륭한 인물이 남긴 명언과 비교하여도 부족함이 없고 거짓이 없는 참된 의미를 가진 말이라는 생각이 들었다면 지나친 비약일지는 모르겠으나 경북 지방의 투박한 사투리로 전해지는 그 할머니의 행복론처럼 깊은 산속에서 들리는 새소리에서 위안을 찾을 줄 알고 꾸밈없이 살면서도 한 줌의 산나물에 만족할 줄 아는 그러한 생활이 진정으로 행복한 삶이 아닐까. (2012. 7.)

그렇게들 살았습니다

'그 시절에는 모두가 힘들게 살았었지. 살림살이가 어려운 시골 생활에는 겨울은 왜 그렇게 추웠는지…. 남해안에서도 얕은 바닷물은 하얗게 얼고, 무명 바지저고리는 아무리 두껍게 껴입어도 추위를 감당하기 어려워 어른 아이 할 것 없이 손발이 터지거나 갈라지기 다반사였다. 갈라터지면 반창고조차 없어서 오줌에 씻거나 헝겊 조각에 밥을 짓이겨서 갈라진 상처에 붙여서 봉합하고, 낫이나 칼에 베이기라도 하면 쑥을 뜯어 감싸거나 흙을 발라서 피만 멈추게 할 정도로 상처를 치료할 약이 귀하였으므로 머큐롬과 요오드팅크, 페니실린이나 다이아진 연고 같은 약품들이 보급되었을 때에는 인기가 있었다. 농작물을 재배하는 데 완숙시키지 않은 인분을 주로 사용하여 회충을 포함한 내부기생충으로 많은 고통을 겪었으나 구충제조차 없어서 어려움을 겪다가 산토닌 같은 구충제가 보급되어 학교에서

무상으로 아동들에게 지급하여 먹이기도 하였다.'

'교통이 불편하고 돈이 귀하여 대중목욕탕 이용이 어려워 가마솥이나 드럼통을 잘라서 물을 데워서 목욕을 하기도 하고, 도시의 대중목욕탕은 욕조에 땟물이 덩이를 지어 떠다녀서 거름망으로 건져 낼 정도로 위생 시설이 열악하였으며 가난한 집의 사람들이 봄이면 먹지 못하여 부종으로 얼굴이 부었고 아이들은 배만 볼록하게 나오고 그랬었다.'

'요즘 그런 이야기 해봐야 누가 들어주나, 먹을 것이 없어서 굶기를 밥 먹듯이 하였다고 하면 라면이나 짜장면 먹으면 되지 않았느냐고 한다. 그 시대는 그 시대일 뿐 오늘날에는 그런 말을 해봐야 들어주는 사람이 없고 오히려 고리타분하다는 말만 듣게 된다.'

배고프고 어려운 시대를 극복하며 '잘살아보자'는 일념으로 열심히 일하며 살아온 세대들의 지난날의 회상(回想)을 담은 대화들이다.

수확이 끝난 들판에서 한 톨의 곡식이라도 더 많이 건지기 위하여 이삭을 줍고, 논이 적은 바닷가 마을에서는 해산물을 채취하여 생계를 유지하고, 산간 마을에서는 산에서 얻을 수 있는 재료를 이용하여 삼태기와 바구니 같은 생활에 필요한 도구를 만들고 산나물과 약초 등을 채취하거나 화목용(火木用) 나무를 해서 시장에 나가 곡식과 물물교환을 하거나 돈을 받고 팔았다.

살림이 어려운 가정에서는 입을 덜기 위하여 초등학교나 마칠 정도가 되면 사내아이는 잘사는 집의 새끼머슴으로 보내거나 딸아이는 도시에 식모살이로 보내는 일이 다반사였고, 아들딸이 자라면 농사일을 돕거나 배를 타러 가기도 하고 남의 집에서 고용살이를 하여 재산을 조금씩 늘릴 수 있는 노동력 확보라는 의미가 컸으므로 학교 교육은 어려운 형편이었다.

당시에 정치마당에서는 "못 살겠다, 갈아보자", "가난한 농군의 아들로 태어나…" 등을 주요 구호로 내세울 정도였으니 오늘날 교육과 복지를 우선으로 하는 공약을 내걸고 이념 대립으로 갈등을 빚는 선거 풍토와 비교를 한다면 격세지감을 느낄 수 있을 것이다.

어려운 일이나 좋은 일이 있을 때 서로 돕는 상부상조(相扶相助)는 미풍양속이라 할 수 있어서, 자원이 없고 전쟁을 겪은 폐허나 다름없는 바탕에서 먹고사는 것을 우선으로 하는 생활을 하였으므로 모든 것이 부족하고 정치는 안정을 찾지 못한 가운데 사회 질서조차 어지러워 생계를 유지하기 곤란할 정도로 어려움이 많았으나 그래도 인정만은 따뜻하였다.

당시에는 스님들이 집집마다 다니면서 동냥(탁발(托鉢)을 나가는 스님들이 동령(動鈴)을 들고 흔들기도 하였는데, 그 동령에서 파생된 말이 동냥이다.)을 하여 필요한 물건을 마련하였고, 걸인도 많아 구걸하는 사람들이 넘쳐났으나 가난하고 어려운 살림에도 그들이 오면 그냥 보내지 않았고, 길을 가는 사람이 해가 저물어 하룻밤 자고 가기를 원하면 비록 비좁은 방이지만 공간을 마련하여 아무런 대가도 받지 않고 먹이고 재워서 보내는 여유가 있었으며, 농사는 인력에 의존하였으므로 일손이 부족하고 계절적으로 노동력이 집중되는 모내기와 같은 작업은 집집마다 날짜를 따로 정하여 품앗이로 해결하였다.

통신 수단이 발달한 오늘날은 소식을 알릴 수 있는 방법들이 많지만 1960년대까지만 하여도 시골에서는 TV는 말할 것도 없고 라디오조차 귀한 시대였으므로 우체국에서 배달원이 전해주는 편지가 주요 통신 수단이었고, 경제적인 이유에 더하여 글을 모르는 사람이 많아서 신문을 보는 가정이 드문 데다 2~3일은 늦게 배달되거나 학교와 가까운 우체국에서 학생들 편으로 보내기도 하였으므로 오늘날의 시각으로 본다면 신문이 아니라 구문(舊聞)이었다.

편지는 거리에 따라서 상당한 시일이 걸렸으므로 흉사처럼 급하게 알려야 하는 일이 생기면 이웃에 사는 사람들이 동원되어 지역을 나누어서 부고(訃告)를 가지고 먼 길을 걸어서 알려야 할 가정에 직접 전달을 하였다.

도로 사정이 열악하여 비포장도로가 비로 패이거나 무너지기라도 하면 마을마다 담당 구역을 정하여 인력이 차출되어 보수(報酬) 없는 부역(負役)으로 보수(補修)를 하였는데 불도저(bulldozer)와 그레이더(grader) 같은 중장비가 정기적으로 동원되기도 하였다.

차량은 국내에서 생산이 되지 않아 외국에서 중고차를 들여와 운행을 하는 실정이었으므로 흙먼지를 뒤집어쓰고 달리던 버스가 경사진 비탈길에서 시커먼 연기를 내뿜으며 가쁜 숨소리를 내쉬고 거북이 운행을 하다가 엔진이 멈추기라도 하면 승객들이 내려서 걷거나 밀어주기도 하였다. 자동차의 시동 방식도 오늘날처럼 자동이 아니라 수동 방식이어서 추운 겨울에는 운전수와 보조수가 많은 어려움을 겪었다.

버스는 운전사와 보조수 그리고 차장(안내양)이 일을 하였는데 운전 학원이 귀하고 학원비를 부담할 재력이 되지 않아 보조수로 일을 하면서 운전과 정비 기술을 배웠으므로 운전사의 마음에 들어야 핸들을 잡을 수 있었기 때문에 온갖 구박을 참아가면서 환심을 사야 했고, 장날이면 승객과 시장에 팔 물건들이 버스가 터져 나갈 정도로 많아 운전사가 가끔씩 급브레이크를 밟아 승객을 뒤로 밀리게 하는 한편, 안내양은 손님을 한 사람이라도 더 태우기 위하여 안쪽으로 밀어 넣기도 하고 차의 문을 열어둔 채 양팔로 문틀을 잡고 매달려서 가는 위험하고 힘겨운 일을 하기도 하였다.

택시(taxi)는 하이야(ハイヤー, hire, higher)라고 하여, 일본어로 다소 고급의 콜택시를 말하는 것이지만 당시에는 택시 모두를 지칭하는 말로서 택시기사는 인기가 좋은 직업이었다.

기름과 가스 등의 연료가 귀하고 경제적으로 부담스러웠으므로 나무와 석탄 또는 무연탄으로 취사와 난방을 하였다. 또한 부엌의 구조가 나무를 땔감으로 이용할 수 있도록 되어 있어 도시에서는 시골에 나무를 하러 가거나 시골에서 장작과 나뭇잎 등의 땔감을 도시에 내다 팔았으므로 민둥산이 많아져 국가시책으로 산림녹화 사업이 강력하게 추진되었다. 소나무를 베는 것은 많은 제약을 받았으며 벌거벗은 산을 푸르게 가꾸기 위하여 공무원과 군인을 비롯하여 학생들까지 동원하여 나무를 심고, 풀씨를 채취하거나 송충이 잡기를 하였으며, 아궁이에 문을 달아 연료 절감형으로 개량하여 열효율을 높이는 등 국가적으로도 힘겨운 사업이 시행되고 있었으므로 산에서 땔감을 채취하는 것도 쉬운 일이 아니었다.

농작물의 재배에 필요한 비료와 퇴비가 부족하여 농촌에서는 도시의 분뇨를 수거하여 거름으로 이용하였으므로 변소를 크게 만들거나 논밭 귀퉁이에 별도의 분뇨 저장조를 만들어 장날이면 황소가 끄는 수레에 나무를 실어 나르고 돌아올 때는 똥장군에 분뇨를 담아 와 저장을 하여 두었다가 농사에 이용하였다.

사람이 먹는 식량마저 절대량이 부족하여 많은 곡류를 필요로 하는 대규모 축산은 이루어지지 않았지만 농사에 노동력과 퇴비를 제공하는 한우는 거의 모든 농가에서 1~2두 정도를 사육하고 있었으며 가축으로보다는 생구(生口)라 하여 가족의 일원으로서 귀한 대접을 받았다. 소를 살 돈이 없는 농가에서는 배냇소(배내: 남의 가축을 대신 길러 가축이 다 자라거나 새끼를 친 뒤에 팔아서 그 이익을 주인과 나누어 가지는 제도)를 키워서 소를 얻고, 돼지는 1~2두 정도를 키우다가 잔칫날이라도 되면 잡아서 이용하기도 하였으나 오늘날처럼 육류 공급을 위한 가축의 개량이나 '사양 표준'에 따른 영양 공급을 하는 배합 사료가 공급되지 않고 농가 부산물에 의존하였으므로 생산성은 높지 않았다. 이렇게 기른 가축들은 농가에서 자녀의 학비와 결혼 비용으로 쓰거나 논과 밭을 사들이고 빚을 갚을 목돈 마련의 중요한 재원이었다.

볏짚은 이엉을 엮어서 지붕을 덮고 새끼를 꼬아 고기잡이용 그물이나 멍석, 짚신 등 생활용품을 만드는 자재로서 용도가 많았으므로 소와 염소 같은 초식 가축의 사육은 거의 산야초에 의존할 수밖에 없어서 가을이 되면 이들 가축의 먹이와 퇴비 마련을 위하여 풀을 베어 말려 커다란 낟가리를 쌓아 비가 스며들어 썩지 않도록 갈무리를 잘 하여 겨울철 조사료로 이용하였다. 따라서 산은 화목(火木)과 건초(乾草) 등의 확보에 중요한 자산이었으므로 자기 소유의 산판(山坂)이 없는 가정에서는 어려움이 많았다.

사람이 먹는 식량의 절대량이 부족하여 미국 등의 선진국으로부터 구호물자로 들여온 옥수숫가루와 분유(粉乳)를 학교에서 배급받아 가정으로 가져가 죽을 쑤어 먹거나 학교에서 직접 끓여서 학생들에게 급식을 하여 끼니를 때우는 형편이었다.

학교에서 받아 온 전지분유는 조리하는 방법을 몰라서 밀가루처럼 반죽을 하여 밥을 지을 때 밥 위에 얹어 쪄서 먹기도 하였는데 따뜻할 때에는 문제가 없었으나 저장하여 두었다가 먹으려고 하면 망치로 때려야 부서질 정도로 딱딱하게 굳어버리거나 장내(腸內)에 유지방 분해 효소가 없는 사람은 설사를 하여 어려움을 겪거나 먹지 못하는 사람도 있었다.

'새마을 운동'의 시작과 더불어 식량 증산을 향한 품종 개량, 재배 방법 개선, 다목적 댐과 저수지 건설 등 수리 시설 확보, 간척 사업 추진, 밭을 논으로 바꾸거나 경사가 완만한 산지의 계단식 개간을 통해 농지를 확대하고, 마을 길을 넓혀서 리어카와 수레가 다닐 수 있게 되고 원동기와 경운기가 보급되어 농업의 기계화가 시작되자 식량의 자급도가 높아져 우리 민족이 오랜 세월 동안 힘들게 넘어왔던 '보릿고개'는 자취를 감추게 되었다.

사람마다 얼굴이 다르듯이 개인의 살아온 과정과 경험은 차이가 있고 환경에 따라서 생활이 다르기에 일일이 나열을 하거나 동질성을 내세우기는 어렵지만 시대적으로 같은 선상에서 살아온 사람들은 비슷한 생각을 나누고 생활을 하면서 살아간다. 부귀영화를 누렸던 역사 속의 제왕들도 컴퓨터와 휴대전화를 이용하고 TV를 보거나 고급 승용차와 비행기를 타지는 못하였듯이 환경은 사람의 생각이니 생활 방식에 거나란 변화를 가져다준다.

소득이 많아지고 생활이 개선되면 만족감이나 행복 지수가 상승할 것으로 생각되지만 기대치가 그만큼 높아지면서 상대적으로 더 나은 부와 편리함을 추구하게 되기 때문에 심리적인 빈곤감을 채우기는 어렵다. 그저 앞만 보고 달리며 땀 흘려 경제적인 번영을 이루어놓은 아버지 세대를 자식 세대에서는 보수로 치부하거나 '우리'보다 '나'를 중시하는 개인주의 시대로 바뀌어 세대 간의 생활 방식과 이념의 차이로 충돌과 갈등이 빚어지고 있는 것이 현실적인 문제이긴 하지만, 경험이 많은 세대가 더 많은 이해와 양보를 하고 올바른 충고와 모범적인 행동을 보이고 실천을 함으로써 오늘의 젊은 세대가 기성세대가 되었을 때 그들이 보수라고 치부하고 혐오하거나 갈등을 빚었던 앞서 간 세대들의 생각이 옳았다는 것을 느낄 수 있게 하는 것이 보다 나은 길이라 생각한다.

비록 어려운 시대인 과거에는 힘들게 살았지만 오늘의 세대들에게 그렇게 살도록 바라지 않듯이.

마음의 여유를 갖자

　많은 자본을 투자하여 공장을 지어놓고 일할 사람을 구하기가 어려워 곤란을 겪는 사업장에서 외국에서 근로자를 들여와 가동을 하고 있는 실정이지만 높은 임금과 좋은 작업 환경, 남들이 보기에 말쑥한 차림으로 근무할 수 있고 각종 복지 혜택 등이 만족할 만한가를 따지며 일자리를 구하지 못하고 정부와 사회를 탓하며 규칙과 규정에 따른 생활을 싫어하고 안락함만 좇아서 취업을 하지 않거나 다니던 직장에서 조그마한 어려움이 있어도 이겨내지 못하고 뛰쳐나와 부모에게 의탁하여 무능하게 살아가려고 하는 젊은 실업자, 일부이기는 하지만 사업이 번성하여 자산이 크게 늘어나면 사원(社員)의 복지나 재투자를 통한 국가와 사회 전체의 복리와 이익 창출에 기여하기보다는 개인의 치부와 부의 세습을 위하여 국가의 부를 빼돌리거나 탈세와 편법 증여 혹은 비사금의 조성 등으로 비난을 받거나 법의 심판을 받기까지 하는 사업자.

　기둥뿌리가 흔들리고 허리가 휠 정도로 부담이 커진 학력 인플레로 인하여 단번에 신분 상승이나 고소득을 기대하여 체면을 내세우고 조그마한 시련이 있어도 극복을 하거나 풀어나갈 생각은 하지 않고 쉽게 포기를 하며 성실하게 살아가려고 노력하기보다는 분수에 넘치는 외형만을 좇아 수입보다 지출이 큰 생활로 경제적인 어려움이 더할 수밖에 없게 되어 가난에서 벗어나지 못하여 불평과 불만으로 얼굴을 펴지 못하고 자신을 돌아보기보다는 다른 사람의 탓으로 여기는가 하면 '이웃'을 생각하거나 배려하지 않으면서 '우리'라는 개념보다는 '나'밖에 모르는 이기적인 생각을 가진 사람.

　육아(育兒)의 어려움에 이은 과다한 교육비 부담에 더하여 건강이나 몸매 관리 등을 이유로 자녀마저 낳기를 꺼리는 사회적 분위기, 가족을 위하여 열심히 일하였음에도 불구하고 나이가 들어서 경제적인 활동 능력을 잃고 나면 대접을 받지 못하고 '삼식이 시리즈' 같은 유머의 대상밖에 되지 못하는 집안의 가장(家長), 자녀를 낳아 키워서 사람답게 살 수 있도록 만들어주고서도 반려동물보다도 못한 처우를 받고 귀찮은 존재로 여겨지며 쓸쓸하게 말년을 보내야 하는 노인 세대.

빚을 내어서라도 유행에 따라 값비싼 대가를 지불하면서까지 명품 가방이나 액세서리(accessory)로 장식을 하고 유행하는 전화기와 오락기 등은 가져야 하며 한 끼의 밥값보다 비싸고 한 시간의 노동을 한 대가보다 더 값나가는 한 잔의 커피와 음료를 마시면서 심리적 우월감을 느끼고 즐겨야 하는 명품 신드롬(syndrome), 자신의 생활 터전인 직장이야 어떻게 되든 공동의 복리보다는 개인의 이익을 우선으로 하거나, 가진 자의 횡포로 약자를 어렵게 함으로써 사회 전체에 불만을 키우고 어렵게 만드는가 하면, 특정의 이념이나 선동 등에 현혹되어 기업의 경영을 어렵게 하거나, 하나의 직장에서 오랫동안 정착하지 못하고 이 직장 저 직장으로 옮겨 다니면서 평생의 일터로 여기지 않은 채 불평과 불만으로 분위기만 흐리는 사람.

사람이 살아가는 데 가장 기본이 되는 먹거리에조차 유해 물질을 첨가하거나 유통기한을 넘겨서 먹어서는 안 되는 불량한 재료를 공급하기도 하고, 원산지를 속이거나 세탁하여 폭리를 취하는 등 온갖 수단을 동원하여 가장 소중하게 지켜져야 할 사람의 안전이나 위생은 안중에도 없이 오로지 돈벌이밖에 모르는 염치도 양심도 없는 악덕 상인, 수없이 많은 땀방울을 흘려가며 시간과 정성으로 키워낸

농작물을 훔쳐 가서 선량한 농부를 울리고 그들의 마음에 지울 수 없는 상처를 안겨주는 농산물 도둑.

그리스 같은 유럽의 복지 선진국들이 재정 파탄으로 국민을 고통 속으로 몰아넣고 있는 것을 보면서도 국민의 조세 부담과 정부 재정이나 국가의 미래는 안중에도 없이 오로지 권력의 쟁취만을 목적으로 실현 가능성이 낮은 달콤한 공약을 내세우거나 아무리 좋은 정책을 내놓아도 자기네 당이 내놓은 정책이 아니면 합리적인 대안은 내어놓지도 못하면서 반대부터 하는가 하면 편 가르기에 급급하고 선동적인 비판과 상대방 헐뜯기에 열을 올려가며 국가를 위태롭게 하고 국민을 불안하게 몰아가는 정치마당.

허리를 굽히고 정말 열심히 일하겠노라고 한 표를 부탁하던 당선자가 어렵고 가난한 이웃이나 국민은 안중에도 없이 햄버거 한 개 값에도 못 미치는 어린이 식비 예산은 깎아내면서 자신들의 세비와 사후 보장을 위한 연금 혜택을 누리려 하고 정부 예산을 들여서 부부 동반으로 해외 나들이를 즐기는가 하면 온갖 이권에는 빠지지 않고 개입하려는 그릇된 정신의 소유자들.

솔선수범하여 열심히 일하기보다는 적당하게 어슬렁대면서 요령껏 살아가다가 선동과 기만을 잘하여 권력을 쥐게 된 사람이 존경과 대접을 받거나 '일하기 싫어하거든 먹지도 말게 하라(성경 데살로니가 후서 3장 10절)'고 하지만 성실하게 일하는 사람은 밀려나고 편 가르기와 처신에 능하며 목소리를 크게 내거나 권력의 향배에 맞추어 줄을 잘 선 사람이 기를 펴고 대접받으며 살아가는 사회로 바뀌고 말았다는 생각을 지울 수가 없다.

일반적으로 사람들의 심리는 자신은 부유하고 권세를 누리면서 건강하고 행복하게 성공한 삶을 살아가기를 갈망하면서도 다른 사람들이 그렇게 사는 것을 질투하고 시기하며 미워하는 경향이 없지 않다.

보수가 많고 복지 시스템이 잘 갖추어지고 안정적으로 신분이 보장된 기업이나 일터에서 일하기를 원하면서도 그러한 일터를 일구어나가는 이들을 시기하거나 미워하는 심리는 무엇이라 이해를 해야 할 것인가.

수입은 줄어든 데 반하여 소비 성향은 높아서 가정의 살림살이는 거덜이 날 정도인데도 정신을 가다듬지 않으면서 자신이 아닌 남의 탓으로 돌리는 것이 대부분의 불평불만을 많이 하는 사람들이 살아가는 방식이다.

한때 채권국이 될 정도로 경제적인 기반을 다져가던 우리가 어리석게도 취약한 경제 기반은 고려하지 않은 채 흥청망청 즐기다가 IMF(International Monetary Fund,

국제 통화 기금)에 의존하여야 하는 어려움을 겪은 적이 있다.

국가 경제는 말할 것도 없고 가정의 살림살이는 경영자의 생각과 능력이 좌우하는 것으로 아무리 수입이 많아도 지출이 수입보다 크다면 자산은 감소하게 되고 수입은 다소 적더라도 지출이 수입보다 적으면 자산은 증가하게 되어 부가 축적된다. 있으면 있는 그대로 관리를 잘 하여야 오랫동안 지속이 가능한 것이다. 쓸 것 다 쓰고 즐길 것 모두 즐겨가면서 부를 축적할 수는 없다.

사람이 살아가는 데는 경제적인 활동이 반드시 필요하다. 이를 위하여 머리를 싸매고 새로운 아이디어(idea)를 창출해내며 경영과 노동을 통하여 개인과 국가의 힘을 키운다. 지배를 하느냐 지배를 당하느냐는 능력과 힘의 원리에 의하여 정해지는 것으로 지배당하지 않기 위하여서라도 최선을 다하는 것이 대단히 중요하다. 세상에 존재하는 모든 생명체는 환경의 지배를 받고 생존을 위하여 주어진 환경에 적응을 하면서 진화와 발전을 거듭함으로써 그 종(種)이 살아남는다.

국토 면적이 좁고 자원이 절대적으로 부족한 우리나라에서 많은 사람들이 살아가야 하기에 생존을 위한 경쟁이

치열해지는 것은 어떻게 생각하면 당연하다 할 수 있다. 따라서 자신이 살아남기 위하여 이겨야 하고 남들보다 앞서가야 한다는 강박관념이 우선되다 보니 자연히 사회가 각박하게 변해가지만 아무리 그렇더라도 올바르지 못한 방법으로 부를 획득하고 힘을 키운다면 자신뿐만 아니라 함께 살아가는 사람들이 불행해진다. 더불어 살아가는 지혜를 가져야 삶이 행복하다.

복잡하고 바쁜 삶을 살아가는 대도시에서의 생활도 좋지만 여유를 가지며 자연과 더불어 살아가는 시골이나, 규모는 다소 작더라도 쉽게 자연을 접할 수 있는 중소도시에 사는 사람들이 느끼는 여유와 행복감은 더 클 수도 있다. 시끄러운 소음과 숨이 막히는 매연은 말할 것도 없고 하루 종일 햇빛 구경을 제대로 못 하고 전깃불에 의존하여 살아가는 사람이 많은 대도시의 생활에 비하여 대자연 속에서 밝은 태양 아래 맑은 공기를 호흡하면서 마음의 여유를 누리며 살아가는 생활이 여유가 있고 낭만이 있지 않을까.

더불어 살아가는 삶이 자신과 모두의 행복을 위하여 보다 나은 길이라는 것을 알고는 있지만 생활을 하다 보면 망각하기 쉽다. 그저 자신만의 이익을 위하여 다른 사람을 배려하는 마음이 약한 탓으로 매일같이 보도되는 파렴치

한 온갖 범죄와 사건 사고들이 끊임없이 일어나는 것이다.

상부상조를 미덕으로 여기고 살아온 우리가 왜 이렇게까지 타락하고 만 것일까. 교육이 문제다. 그저 '이겨라', '일등 해라' 하는 식의 교육을 받고 자랐으므로 자신 이외에는 모두가 이겨야 할 대상으로 보이기 때문이다.

사람의 인격 형성에는 환경이 크게 영향을 미친다. 다자녀가정(多子女家庭)에서는 성장 과정에서부터 형제자매 간에 인내와 양보는 물론 배려와 협동, 염치(廉恥)와 겸양(謙讓), 사랑과 상부상조의 정신을 배우고 몸으로 익히면서 자란다. 그러나 자녀가 적은 가정에서 지나칠 정도로 보살핌을 받으면서 성장을 하였거나 환경이 원만하지 못한 가정에서 자라난 자녀들은 자신밖에 모르는 개인주의적인 경향을 갖기 쉽다. 부모의 과도한 관심과 보호를 받으며 자라는 과정에서 모든 일을 자신의 의지대로 할 수 있었거나 혹은 자기의 의사를 제대로 표현하지 못하면서 성장하였기 때문에 어른이 되어서도 본인 위주로 생각을 하며 주위를 배려하는 정신이 부족한 것이다. 부모의 생각이나 행동이 올바르지 못하면 자녀는 불안하고 눈치를 보면서 성장할 수밖에 없는 환경의 영향을 받아 공존공생(共存共生)의 정신보다는 자신밖에 모르는 독선적인 성격과 지나친 성취 욕구로 인해 항상 부족함을 느끼면서 욕구

불만의 삶을 살아가기 쉽다.

재물이나 권력이 삶의 수단은 되겠지만 전부는 아니다. 그 부모는 악착스럽게 재물을 모았다고 하더라도 자식이 관리 능력을 기르지 못하면 아무리 많은 유산을 물려받아도 재산을 탕진하고 마는 경우가 있는가 하면, 부모는 열심히 노력하여 사회적인 지위나 명성을 가졌음에도 자녀들 중에서 사람들로부터 비난을 받는 경우를 볼 수 있는데 왜 그럴까? 그것은 가정교육의 문제다. 자신은 오로지 앞만 보고 달려오는 사이에 정작 무엇보다도 귀중한 가족에게는 소홀했거나 자녀에게 모범적인 행동을 보이지 못했기 때문이다.

인간의 정서는 자신이 살아온 환경에 따라서 크게 좌우된다. 여유가 있고 좋은 환경에서 부모와 가족의 사랑을 받으며 건전한 가정교육을 받고 절제와 양보를 배우며 자란 사람과 그러지 못한 사람은 세상을 보는 눈이 다를 수밖에 없다.

물질의 풍요만을 좇아서 자녀의 교육을 성적 위주로 하거나 돈에만 의존하다 보면 더 많은 것을 잃을 수 있다. 학원이나 학교가 재능과 지식을 키워주는 곳이라면 가정교육은 참다운 인성과 지혜를 길러주는 곳이다. 부모의 생활이 곧 자식의 교과서가 되기 때문에 그 부모의 행동과 생활이 올바르지 못하다면 그러한 것을 보면서 자란 자녀도 올바르지 못할 확률이 높다. 다른 사람을 탓하고 시기하고 미워하기 전에 마음에 여유를 갖고 자신을 뒤돌아보자. '나는 내 삶에 최선을 다하였는가?'

습관이 삶을 만든다

　개인에 따라서 다소의 차이는 있겠으나 일반적으로 좋은 환경에서 자라고 살아온 사람일수록 성격이 원만하고 매사(每事)를 긍정적으로 보지만 그렇지 못한 환경에서 살아온 경우에는 극단적이거나 부정적인 성격을 나타내는 경향이 있는 것 같다.

　많은 형제와 자매들 속에서 자라는 경우에는 스스로 양보할 줄 알고 배려와 인내를 자연스럽게 익히며 가족 간의 사랑을 배우게 되지만, 외톨이로 자라거나 많은 형제들 속에서 자랐더라도 어릴 때부터 귀여움을 독차지하고 지나치게 보호를 받으면서 자라거나 격한 경쟁을 하면서 자란 경우에는 독선적이고 다른 사람을 배려할 줄 모르는 성격의 소유자가 되는 경우가 많다. 부모가 자주 다툰다거나 술에 취하여 나날을 보내고 폭력을 행사한다든가 하여 가족 간에 불화(不和)가 잦아 불안한 심리가 상존하는 가정에서 자라난 자녀일수록 부모의 성향이나 행동을 그대로 물려받는 경향이 많으며, 부모가 재혼을 하거나 하여 어릴 때부터 눈치를 보면서 성장한 경우에는 사회생활에 있어서도 다른 사람의 눈치를 살피거나 강자에는 약하고 약자에게는 강하게 대하려는 성향을 띠는 사람이 많다.

가정 밖으로 나와서 친구를 사귀는 것도 대단히 중요하여 좋은 친구와 어울리면 좋은 성격이 형성되고 그렇지 못한 경우에는 좋지 않은 성격으로 변하기 쉽다. 살아가는 과정에서 습득하는 지식이나 이념 등도 성격 형성에 커다란 영향을 미치고 이렇게 형성된 성격이 행동으로 나타나게 된다. 성격이나 행동은 자신의 삶으로 돌아와서 자신은 물론 주변의 행복과 불행을 만드는 요인이 되기도 한다.

좋은 습관이 행복한 삶을 만들고 좋지 않은 습관이 불행한 삶을 만들기 때문에 좋은 습관에 길들여지려면 좋은 성격을 가져야 한다. 그러나 나쁜 습관은 쉽게 물들고 만들어지는 반면에 좋은 습관은 부단한 노력과 자기 수련이 없이는 형성하기가 쉽지 않다.

내면의 성격은 외면의 표정으로 나타나 세월이 지나다 보면 얼굴의 형태나 체형 같은 외모마저도 바꾸어놓는다. 매사를 긍정적으로 생각하고 양보와 겸양의 정신으로 아량을 베풀 줄 알고 편안한 사고와 봉사정신으로 베풀어가며 웃음 띤 얼굴로 살아가는 사람은 외모부터가 평화롭고 포근한 느낌을 주지만, 사소한 일에도 화를 내며 저항하고 매사를 부정하거나 자기 위주의 생각만으로 살아가는 사람의 외모는 대부분 신경질적이고 공격적이며 어딘지 모르게 쉽게 다가서기 어려운 느낌을 주는 인상이 많다.

우리는 언제부터인가 바쁘게 살아가는 것에 익숙해져 있고 만족하기보다는 부족함을 느끼며 양보와 배려보다는 수단과 방법을 가리지 않고 이기려는 생활에 길들여져 있다. 그러한 삶이 과연 행복하다고 할 수 있을까. 아니다. 하루의 수입이 보통 사람들의 연간 수입보다도 많은 사람도 하루를 살아가는 길이는 똑같다. 반면에 걱정과 고뇌는 더 많을 것이다. 현재의 수입을 계속 지키고 유지해나가려면 더 많은 고민과 노력이 필요하기 때문이다. 아무리 많은 재물을 모았다고 하더라도 다 쓰지 못할 뿐만 아니라 아무것도 가지고 가지는 못한다. 반면에 자신은 누구보다도 더 많이 가지기를 바라면서도 가진 자를 적대시하고 질투를 하거나 그 가진 것을 나누어서 공유하지 못하는 것에 불만이 많은 사람들도 있다. 사람의 욕심은 한정이 없는 것이어서 가지면 더 가지고 싶어하고 누리면 더 많은 것을 누리고 싶어한다.

세계에서 가장 바쁘게 살아가는 국민 가운데 우리나라 사람도 아마 한자리를 할 것이다. 오랜 식민 수탈과 뒤이은 전쟁의 폐허에 더하여 정치적 혼란기를 겪으면서 희망마저 잃어버리고 세계 제일의 빈국 신세를 면치 못하던 비참한 처지를 극복하고 불굴의 의지로 단기간에 세계가 놀랄 만한 경제성장을 이루어내고 물질적인 풍요를 누리며 살면서도 만족을 모르고 끊임없이 반목과 갈등을 만들어내는 가운데 정신적인 빈곤을 느끼는 사람들이 많다면 행복한 국민이라고는 할 수 없다.

언제부터인가 우리는 국민적인 영웅을 만들어내지 못하고 살아간다. 지구상 유일의 분단국가라는 특수한 환경에서 이념 갈등과 보수와 혁신으로 편을 갈라서 앞의 정치 지도자는 무조건 깎아내리고 결과에 승복할 줄 모르며 나와는 다른 생각을 가진 사람의 사고(思考)나 행동은 무조건 옳지 못한 것으로 몰아서 거부를 하거나 올바른 일인 줄을 알면서도 격하게 반대부터 하고 보는 현실은 국민 모두의 행복지수를 낮추는 요인으로 작용한다.

사람들이 살아가는 사회는 다양한 성향과 능력을 가진 사람들이 모여서 구성되므로 상상을 뛰어넘는 일들이 시시각각으로 일어나고 있으며 그 속에서 개개인은 저마다의 삶을 꾸리고 누리며 살아간다. 따라서 반드시 자신의 생각만이 최선이라는 사고는 버려야 한다. 수많은 사람들 모두가 각자 생각이 다르고 개인의 생각도 순간마다 바뀌며 사실은 자신마저도 정확한 자신을 알지 못하고 살아가는 것이 인생이다. 자기 자신도 잘 모르는데 남을 어떻게 알겠는가. 조금은 부족하고 마음에 들지 않더라도 공통분모를 찾아서 양보하고 배려하면서 살아가는 것이 최선의 길이며 남들은 말할 것도 없고 자신의 행복마저도 키우는 길임을 알아야 한다.

사람들은 일반적으로 권력이나 재물 혹은 이성 때문에 싸우고, 명예 때문에 다투고, 자신이 누린 것으로 만족하지 않고 후대에게 물려주기 위하여 노력한다. 어쩌면 이러한 일들이 사람이 살아가는 수단과 목적이기도 하고 그 속에서 자기만족과 더불어 행복감을 느끼기도 할 것이다. 때문에 큰 권력을 가진 자일수록 어떠한 잔인한 일도 서슴없이 저지르게 되며 많이 가진 자일수록 더 많은 것을 가지고 지키기 위하여 수단과 방법을 가리지 않게 되는 것이리라.

자신의 경제적인 능력이나 입장에 따라서 보다 나은 생활을 누릴 자유와 권리는 누구에게나 있다. 대부분의 사람들은 남들보다 많은 재산이나 명예와 권력과 지위 등을 가지기를 바라면서도 정작 자신이 가지지 못한 것을 다른 사람이 가진 것에 대하여는 시기하고 질투하며 비난하고 저항을 하기도 한다.

실업률이 어떻고 정부 정책이 어떻고 불평들은 많이 하면서도 열심히 성실하게 자신의 길을 살아가면서 보다 나은 생활을 쌓아나가거나 일자리를 늘리는 일에는 관심이 없고 오로지 자신의 이권만을 추구하는 사람들일수록 단편적이고 극단적인 행동으로 치닫는 경향이 높다.

물질의 풍요는 정신의 빈곤을 불러왔다. 60~70년대 한창 새마을 운동으로 배고픔을 벗어나기 위하여 열심히 노력할 때에는 정치적 혼란이나 반사회적인 패륜 범죄는 적었다. 어디든 일할 곳만 있으면 열심히 살았고 당장의 배고픔을 해결하기 위하여 앞뒤 좌우를 돌아보고 어쩌고 할 여유가 없었기 때문이기도 하지만 우리도 한번 잘살아보자는 확실한 목표가 있었기 때문이다.

행복과 불행은 남이 가져다주는 것이 아니라 삶의 주인공인 자신이 만드는 것이며 올바른 습관이 행복을 만드는 것이다. 작은 일에 만족할 줄 아는 습관이 곧 행복의 문을 여는 열쇠임을 알아야 한다.

세월이 흐르면서

우리가 원하는 것을 손에 넣는 것보다

그것들이 사실은 그다지 필요하지 않다는 것을 깨달을 때

우리는 진정한 부자가 된다.

- 노아 벤샤

전화기에 대한 감상

어떤 어울림

어떤 어울림

어떤 어울림

마음이 가는 것만큼 보인다

野猫盜雛 金得臣

그렇게들 살았습니다

마음의 여유를 갖자

2. 가족, 추억

부모님의 유산(遺産)

엄격한 유교 사상으로 효(孝)가 철저하게 지켜지던 조선조 말기에 태어나 어린 나이에 부모님을 여의고 딸자식 하나를 둔 큰아버지에게 양아들로 입양되어 장손에 장남이라는 무거운 멍에를 짊어지고 유산(遺産) 한 푼 없이 분가(分家)하여 맨손으로 살림을 일구시고 양부모님의 마음 한 번 상하게 하신 적이 없이 효를 실천하시면서 평생을 성실과 근검절약으로 살아오면서도 언제나 새로운 것을 탐구하고 주위에 어려움이 있으면 자신의 일처럼 앞장서서 해결하려 노력하고, 어디를 가도 아무개의 자식들이라고 자랑스럽게 내세울 수 있도록 평생을 떳떳하게 살다 가신 아버지.

가끔씩 혼자만의 결정으로 해결하기 어려운 일에 부딪히거나, 동생들과 친척들이 속상하게 하는 일이 있을 때에는 6.25 전쟁터에서 전사한 큰동생을 그리워하며 "그 동생이 살아 있었더라면 의논이라도 할 수 있을 터인데…"
하고 혼잣말을 하시던 아버지.

중국의 고전소설 <초한지>에 등장하는 유방과 번쾌, 장량, 한신, <삼국지>에 등장하는 유비, 관우, 장비, 조자룡, 제갈량을 좋아하시면서 다소 과격한 성격임에도 불구하고 동생들과 자식들에게 언성 한 번 높이지 않으시고 아들셋, 딸 넷 일곱 남매를 키우시면서 셋을 대학, 둘은 고등학교까지 공부시키는 과정에서 비록 잡비는 넉넉하게 쥐여주지 않으셨지만 월사금만큼은 한 번도 어기지 않고 제 날짜에 대어주신 아버지. 일곱 남매 가운데 둘은 초등학교를 마치고 부모님의 농사일을 돕고 다른 형제들을 위하여 학업을 이어갈 수 없게 되었지만 당시의 어려운 농촌 살림살이에 어쩔 수 없는 선택이었다.

남과 북으로 분단된 나라의 지도력 부재에서 오는 혼란기를 틈탄 김일성의 야욕으로 빚어진 6.25 전쟁을 치르고 난 뒤라 민생은 피폐(疲弊)하여 얻어먹는 걸인들이 마을을 누비고, 전쟁에서 부상을 당하여 불구가 된 상이군인들의 횡포가 횡행하였으며, 정부는 제대로 정치적인 안정을 찾지 못하여 정치주먹이 활개를 치고 학생 데모와 깡패들의 폭력이 난무하였다. 일을 하고 싶어도 일자리가 없고 가난에 찌들어 사회적으로 암울하고 혼란한 시대였으므로 대부분의 가정에서는 먹을거리가 부족하여 봄이 되면 산과 들에서 쑥이나 산나물 등을 채취해서 배를 채우는 보릿고개가 있었고, 돈이 없고 기계가 발달하지 않아 농업은 모든 일을 인력에 의존하는 형편이었으므로 농사를 지어 놓아도 수확이 제대로 되지 않는 등 생산성이 낮았다. 가난과 기아(飢餓)로 굶주림이 극심한 탓에 하나의 입이라도 덜기 위하여 어린 자식을 남의 집에 보내기도 하였다. 철공소 등에 가서 기술을 배우거나 보조수로 따라다니면서 운전을 배우게도 하고 농번기가 되면 절대적인 노동력이 필요하여 자녀를 학교에 보내기보다는 집에서 농사일을 돕게 하고, 농한기에는 나전칠기나 소목장 같은 기능을 익혀서 남의 집 머슴살이나 면하게 하는 것이 최대의 소망이었던 시대였으므로 자녀들의 공부는 초등학교를 마치고 나면 더 이상은 생각하기조차 어려웠다.

주위의 다른 사람들보다 생각이 앞서가셨던 부모님은 자녀의 교육에 있어서는 주위의 비난이나 할아버지 할머니의 반대를 무릅쓰고 최선을 다하여 학업의 뒷바라지를 해주셨다. 당시에는 '글이 입에 들어가느냐, 너희보다 더 나은 사람들도 공부하여 직장을 얻지 못하고 사기나 치고 돌아다니는 것이 보이지 않느냐, 다른 사람들이 이미 자리를 다 잡아놓았는데 무엇을 하여 먹고살 것이냐, 공부는 그저 국민학교 정도만 나와서 자기 이름 석 자나 알고 신문 정도 볼 수 있으면 되니 일찌감치 공부는 걷어치우고 기술을 익혀서 밥이라도 먹고 살면 된다.'라고 하는 것이 주위 사람들의 일반적인 견해였다.

당시의 사회적 배경은 '배고파 못 살겠다, 죽기 전에 갈아보자', '독재타도' 등의 구호를 외치는 데모 군중으로 거리는 미어지고 심지어 어린 중학생들까지도 거리에 뛰쳐나오는 범국가적으로 혼란하고 암울한 시대였다.

4.19로 인하여 이승만 정권이 붕괴되고 허정과 윤보선 대통령, 장면 총리로 이어지는 정권 교체에도 불구하고 통치 능력이 없는 무능한 정권 아래 일부 학생들과 불순 세력에 의하여 남북통일을 명분으로 판문점에서 회합을 하자는 등 사회가 혼란스럽고 국가의 존립마저 위태롭게 흘러가도 정치가들은 민생은 안중에도 없고 집권을 위한 욕심에만 혈안이 되어서 다투다 보니 치안은 불안해질 수밖에 없게 되어 국가 질서는 안정을 찾지 못하고 혼란이 거듭되었다.

5.16 군사 혁명을 분수령으로 새로운 정부가 들어서자 국가 질서가 안정을 잡아가면서 '하면 된다', '잘살아보자'

는 구호 아래 수출 1억 불을 달성한 날을 기념하여 '수출의 날'로 지정했을 정도로 국가 전체가 가난했던 탓에 일반 가정에서 자녀의 교육에 힘을 기울일 여력이 없었을 뿐만 아니라 학교가 많지 않아 중학교도 입시를 거쳐서 진학을 하는 실정이었다.

가난으로 자녀의 교육을 시키지 못하는 가정이 있는가 하면, 재산이 넉넉한 집의 자녀들 가운데 어렵게 대학을 졸업하고서도 마음에 드는 일자리를 구하지 못하고 힘든 일을 기피하여 놀고먹기도 하고, 사기꾼이나 건달 행세를 하여 주위의 손가락질을 받거나 정치꾼 나부랭이로 거들먹거리고 다니는 사람들이 있어서 공부를 하고 싶은 사람들 마음에 찬물을 끼얹는 경우도 있었다.

아버지께서는 밤잠을 제대로 주무시지 않으시고 어머니와 함께 밤이면 등잔불 아래서 7남매의 양말이나 장갑과 내복 등을 무명실로 뜨개질을 하시기도 하고, 밤을 새워가며 새끼틀을 밟아 볏짚으로 새끼를 꼬아 고기 잡는 그물을 만들어 장날이면 시장에 내다 팔아 한 푼 두 푼 모은 돈으로 논과 밭을 늘리고, 경사진 밭을 깎아 논으로 바꾸어 셀 수 없이 나오는 돌과 자갈을 주워 내어 옥답(沃畓)으로 만들고, 소가 끄는 수레를 마련하여 장날이면 짐을 날라주고 운임을 받기도 하고, 시장에서 돌아오는 길에는 도시의 인분(人糞)을 싣고 와서 거름으로 이용하여 작물의 생산성을 높였다.

세월의 흐름에 따라 원시적이기는 하지만 농업에 기계화가 도입되기 시작할 무렵에는 중고(中古) 원동기를 사서 집 앞 마당에 토담을 쌓아 작은 방앗간을 지어서 방아를 찧어주거나 보리 타작, 벼 타작을 하여주고 돈을 벌어 자녀들의 월사금을 마련하기도 하셨다.

농산 부산물과 잔반(殘飯), 방앗간에서 나오는 부산물과 산야초 등을 최대한 이용하여 소와 돼지(오늘날처럼 대규모의 축산업이 아니라 1~2두의 소와 돼지), 염소와 닭 외에도 토끼를 기르고 소규모의 양봉 같은 부업을 하면서 살림을 조금씩 불리신 덕으로 많은 사람들이 굶주림으로 어려워할 때에도 부모님의 부지런함과 성실함에 힘입어 할아버지 할머니를 포함한 11명의 우리 가족은 매일의 끼니 걱정은 하지 않고 살아갈 수 있었다.

할아버지와 아버지 두 분 모두 술을 좋아하신 탓으로 간혹 술을 많이 드시고 발걸음이 흩어지셨지만 술주정하시는 모습은 단 한 번도 보지 못하였는데 할아버지께서 술주정이 없으시니 자연히 아버지께서도 조심을 하셨기 때문에 아무리 술을 많이 드셔도 흐트러진 모습을 자녀들에게 보이지 않으셨다. (자연스레 자녀들도 그것을 물려받게 되었지만.)

할아버지께서는 의관을 갖추시고 향교에 출입을 하시면서 비록 몰락한 왕가의 후손이지만 양반으로서 도리와 자세는 지키고 살아가고자 하셨으며 무릎 앞에 손자들을 불러 앉혀서 태조 고황제 ○○대군파 ○○대손이라는 것을 강조하면서 반복하여 외우게 하시고 시제(時祭)와 성묘 벌초(伐草) 시에는 반드시 손자들을 참석하게 하셨다. 그러한 가족 단위의 무릎교육과 현장 학습이 인성(人性)의 형성과 조상을 섬기는 사상에 크게 작용할 수 있다는 것을 세월이 흐른 후에야 알게 되었지만 물질만능과 개인주의에 인성을 상실하고 인면수심(人面獸心)의 범죄가 늘어나는 오늘날에 되돌아보아야 할 아름다운 전통의 교육 방식이 아닌가 싶다.

비록 학교의 문턱에는 가보지 못하셨지만 한글과 한자를 막힘없을 정도로 깨우치신 아버지께서는 책이 귀하여 구하기가 쉽지 않았던 시대였으므로 여러 종류의 책이 없었던 탓도 있었겠지만 중국 소설인 <삼국지>와 <초한지>를 즐겨 읽으셨는데 그 읽는 방식이 특이하여 한글을 읽으시면서 마치 서당에서 한문 공부를 하거나 시조를 읊는 것처럼 운을 길게 뽑아 노래하듯 하셨다.

영화는 말할 것도 없고 TV나 라디오조차도 접하기 어렵고 일을 하거나 도박(賭博) 외에는 별다른 오락거리가 없고 즐길 만한 취미나 적당한 소일거리가 없었던 시대였으므로 연세가 드시고 글이 잘 보이지 않을 때에는 머리맡에서 자녀들이 소설을 대신 읽게 하였는데 몇 번을 읽고 거의 외우다시피 한 <삼국지>가 무엇이 그렇게도 재미가 있으신지 당신이 잠들 때까지 읽어야 하니 자녀들 간에는 서로 눈치를 보고 도망을 가야 할 정도로 반복적으로 읽고 이야기로 들어서 소설에 등장하는 인물과 고사성어(故事成語)마저 자연스레 많이 알게 되었다. 노래는 잘 못하셨는지 노래하시는 모습은 보지 못하였고 어느 자리에서 부득이 노래 대신 시조를 한 수 하시는 것만 딱 한 번 보았을 뿐이다.

항상 바쁘신 중에도 자녀들과 모처럼 자리를 같이하면 창으로 멧돼지를 잡은 이야기가 신이 나서 무용담처럼 어디에서 얼마만 한 크기를 잡아서 운반은 어떻게 했고 사람들과는 어떻게 나누어 먹었고 사냥개는 어떻게 하였다는 등으로 젊은 날을 회상하셨다. 당시에 사용하시던 것으로 커다란 송곳처럼 생기고 손잡이는 나무로 된 것 하나, 자루를 철봉으로 민들고 손에 잡히는 부분에 헝겊으로 새끼를 꼬아 감아서 장식을 한 것 하나, 2개의 창(戈)이 오랫동안 애장품으로 보관이 되어 있었는데 어느 날엔가 아버지의 유품들이 사라져버려서 아쉬움이 남는다. 무척 아끼시던 물건이었는데….

농촌에 살고 계시면서도 생각은 앞서서 항상 새로운 무언가를 추구하고 여러 분야의 인맥들과도 교류가 잘 되어 다른 사람들보다 정보가 빠르고 일의 처리가 원활하셨다. 농촌지도소와 가까이하여 논이나 밭을 시험 포장으로 제공함으로써 영농 기술이나 정보가 앞서고, 면사무소와 지서의 공무원들과 친하여 마을 사람들의 어려움을 곧잘 해결하셨다. 당시의 범법 행위래야 생활 속에서 불가피하게 일어나는 땔나무용으로 소나무를 베는 것과 밀주(密酒)를 담그는 것 정도였지만 그래도 세무서나 산림계의 단속이 심하여 발각이라도 되는 날이면 어려움을 겪을 수밖에 없었으므로 이러한 일이 생기면 아버지께서 해결사로 곧잘 나서셨다.

언제나 새로운 일에 도전하며 아끼고 절약하는 정신으로 성실하게 살아오신 까닭에 가족의 생계 걱정은 하지 않으면서도 논밭을 조금씩 늘리면서 그렇게 부유하지는 않았지만 자녀들을 공부시키고 부모님 모시는 일에는 소홀함이 없으셨고 7남매를 키우면서 자녀들이 속을 썩이거나 걱정을 끼치는 일도 있었으련만 매를 드시거나 꾸중을 하신 적은 없었다.

전쟁의 후유증으로 걸인들이 넘쳐나고 폭력과 부정이 난무하며 혼란을 거듭하던 사회적 분위기가 새로운 정부가 들어서자 안정을 되찾아가면서 잘살아보겠다는 국민적 열망이 더해져 국가 경제가 비약적으로 발전했다. 일자리가 늘어나자 남의 집에서 머슴살이를 하던 사람들은 도시로 나가고 기능을 배운 사람들은 대도시로 진출하여 나름대로의 생활 영역을 넓혀나가게 되자 교육에도 의식의 문이 열리기 시작하였지만 농촌의 취약한 살림살이로 인해 대부분의 가정에서는 초등학교 졸업 외에 자녀의 교육이 어려웠다.

당시만 하여도 장자우선(長子優先)의 유교적인 사상이 대세였기에 큰형은 할아버지와 할머니를 포함한 주위의 강력한 지지를 받아 무리 없이 대학에 진학할 수 있었지만 다른 형제들은 어려움을 겪을 수밖에 없었다.

오늘날에도 그렇지만 시골에서 대도시에 있는 대학을 보내야 하였으므로 학비는 말할 것도 없고 하숙비 부담이 커서 온 가세(家勢)를 큰형에게 쏟아야 하였으므로 작은 형과 둘째 여동생은 학업을 포기하고 집안일을 도와야 하였고, 나와 큰딸인 첫째 여동생은 중학교 진학이 어려워 고등공민학교를 다녀야 했다. 국가 경제의 발전으로 가세가 조금씩 나아짐에 따라 고등학교에 진학할 수 있었다. 대학을 졸업한 큰형과 고등학교를 졸업한 여동생의 취업으로 다소 여유가 생기자 나와 막내 여동생에게도 어렵게 대학 진학의 길이 열리게 되었다.

아버지와 어머니께서는 평생을 부지런함을 잃지 않으시고 어떤 일보다도 자식들의 교육에 모든 정성을 다하여 오시면서 물질적으로 크게 부유하지는 않았으나 항상 남들보다 앞선 생각으로 살아오셨다.

연세가 드시고 자식들이 모두 장성하여 당신의 곁을 떠나가도 고향을 지키면서 한결같은 마음으로 가족 모두의 중심이 되어주신 부모님. 연세가 드시고 몸이 편찮으신 아버지께 힘들게 농사일 하지 마시고 자식들이 모시겠다고 말씀을 드렸을 때 "평생을 농사꾼으로 살아온 내가 가을이 되어 다른 사람들이 수확의 기쁨을 누릴 때 나는 무슨 보람을 느끼며 살겠느냐"고 말씀하시며 자식들에게 짐이 되지 않으시려고 노력하시면서 꿋꿋하게 당신의 삶을 살다 가신 아버지. 공직에 나가는 셋째 아들에게 <채근담>에 있는 "너무 맑은 물에는 고기가 살지 않는다(水之淸者常無魚)"라는 말을 인용하여 충고의 말씀을 주시던 아버지. 아마도 법이나 규정에 너무 얽매여 민원인들에게 불편을 주지 말고 도민을 위하여 그들의 입장에서 생각하고 일을 하라는 의미이셨으리라.

　비록 지금은 계시지 않으시지만 크나큰 사랑과 희생으로 일곱 남매 모두가 행복한 삶을 살아갈 수 있는 원천이 되어주신 부모님이 계시지 않으신 지금, 어른이 되어 비록 하나뿐이긴 하지만 자식을 낳고 성장해가는 과정을 지켜보면서 어렵고 힘들거나 마음에 들지 않는 일이 있을 때마다 나의 아버지, 어머니였더라면 어떻게 하셨을까 하고 생각하면서 그분들의 지혜를 빌리게 된다.

형제(兄弟)는 어떻게 지내야 하는가

　살다 보면 너무나 가깝지만 한편으로는 어렵기도 한 관계가 형제자매 사이인 것 같다. 부모에게서 피를 나누어 받고 태어나서 같은 환경에서 오랫동안 깊은 정을 나누고 자라났으므로 잘 지내면 이 세상 누구보다도 가까운 사이이면서도 자칫 잘 못 지내면 남들보다 더 소원(疏遠)해질 수 있기 때문이다. 어려서는 그렇지 않으나 성장을 하여 각자의 가정을 꾸리고 재산 문제 등으로 갈등이 생기게 되면 '형제는 타인의 시작'이란 말처럼 실제로 타인보다 못하게 지내는 경우도 있기 때문이다.

　형제자매가 좋은 관계를 유지하기 위해서는 서로가 양보와 배려를 하고 많이 베풀어야 한다. 형은 형으로서 동생은 동생으로서 자기 역할을 하고 희생도 따라야 한다. 형이기 때문에 더 많은 것을 가지려고 하거나 동생이므로 더 많이 의지하려 해서도 안 되며 지나치게 욕심을 부려서도 안 된다. 각자의 의무는 다하지 않으면서 권리만을 내세우려고 한다면 자신들도 모르게 사이가 멀어지고 다투는 일이 생기게 된다. 형제자매 간에 정이 두텁고 잘 지내는 집안일수록 희생을 하고 양보하며 베푸는 형제애가 있다.

　형제자매 사이는 어려운 일이 있을수록 신중하게 대처를 잘해야 한다. 집안이나 형제자매 중에 어려움이 없을 때에는 문제가 생기지 않지만 어렵고 힘든 일이 생기거나 재산 배분 문제와 같은 일이 있으면 마음을 상하고 틈이 벌어지거나 사이가 멀어지기 쉽다.

　예로서 부모님의 병환으로 간병을 하는 기간이 길어지거나 장기간 입원이라도 하게 되면 할 일이 많아지고 힘이 들며 부담도 커지게 되어 형제자매 간에 자신들도 모르는 사이에 갈등이 빚어지기 쉽다. 가정에서 노약하신 부모를 부양(扶養)하는 경우에 직접 모시고 있는 형제가 누구보다 힘든 일 많고 피로가 누적되어 어려움이 가중되는 데 비하여 모처럼 찾아오는 형제일수록 생색을 내기 쉽고, 거기에다 이것저것 간섭마저 하려 든다면 모시면서 제반 시중을 들고 있는 입장에서는 불만이 쌓여 갈등이 싹트게 된다.

　병원에 입원을 하는 경우에도 직접 모시는 어려움은 줄

어들겠지만 수시로 찾아뵈어야 하고 병원비를 포함한 제반 비용도 부담이 되므로 적정하게 나누어야 하며 일이 마무리되면 비용의 정산(精算)이나 감정의 정리를 명확하게 하여야 한다. 딸이라서, 멀리 살고 있어서, 직장 일이 바빠서, 돈이 없어서, 유산(遺産)을 받지 않아서, 가까이 모시지 않아서, 종교 문제 등의 갖가지 이유로 해야 할 역할을 게을리하면 다른 형제자매의 원성을 사고 마음을 상하여 갈등의 싹이 자라난다.

형제 사이가 멀어지고 갈등이 생기는 요인 가운데 하나가 재산 배분이다. 반드시 유산이 많다고 분쟁이 생기는 것이 아니라 사소한 것에서 의가 상할 수 있다. 조금씩 양보하면 되는 것을 서로가 많이 차지하려고 하기 때문에 생기는 일이다. 자기만 잘 먹고 잘살겠다고 욕심을 내면 형제 간에 틈이 생기고 다툼이 일어나며 다른 사람들의 손가락질[指彈]이나 비난(非難)의 대상이 되기 쉽다. 부모님의 유산(遺産)은 자신이 땀을 흘려가며 열심히 노력하여 모은 재산이 아니므로 욕심내지 말아야 한다. 가장 우선 존중해야 하는 것은 부모님의 의사이다. 큰아들이라서 당연히 물려받아야 한다거나 법률이 정하는 바에 따라 배분을 해야 한다는 등의 다툼이나 갈등으로 비난을 받기보다는 비록 부모님의 재산일지라도 그 재산의 형성 과정에 가장 크게 이바지한 형제나 자매가 있다면 그에게 많은 배분을 하는 것도 하나의 방법이 될 것이다.

재벌가의 형제들이 기업의 승계나 재산 문제 관련한 불화로 인하여 다투고 고소·고발 등으로 법정 싸움을 하여 세간의 비난을 받기도 하고, 자신은 성실하게 살지 않으면서 부모의 재산을 노리고 해서는 안 되는 패륜을 저지르는 사람들이 벌이는 일들에 관련한 뉴스를 간혹 보게 되는데, 주변에서도 유산 상속 문제로 형제자매 간에 내왕을 하지 않고 남보다 못한 관계로 지내는 경우를 드물게 접하게 된다.

형제자매 사이일수록 금전이나 재산 문제는 명확하게 할 일이다. 도움은 조건 없이 그대로 주거나 받아도 되지만 빌린 물품이나 돈은 반드시 갚아야 한다. 자신의 필요에 의하여 돈이나 토지와 같은 재산을 빌려 쓰고 그 빌린 것은 갚지 않으면서 상대적으로 잘 먹고 잘살고 있다면 두고두고 원망을 사게 되고 우선은 말을 못 하고 속으로 앓고 있지만 언젠가는 폭발하고 마음을 상하여 다툼의 씨앗이 된다. 형제자매 사이일수록 사소한 것부터 명확하게 해야 불화가 생기지 않는다.

재산 배분 문제 외에도 조상의 제사(祭祀)와 선산(先山)을 돌보는 일을 비롯하여 집안[家門]의 크고 작은 일에 참여하고 처리하는 일도 대단히 중요하다. 하나의 가문이 집성촌(集性村)을 이루고 살다시피 한 농경 위주의 사회 구조에서는 집안의 일을 위한 질서가 명확하게 이루어져 있었지만 산업화로 생활 방식과 생각하고 느끼는 의식이 변하고 거주 지역이 다변화됨에 따라 직장 문제, 종교 문제 등이 복잡하고 다양하게 얽히면서 조상을 섬기는 일이 형제 간에 불화의 씨앗이 될 수 있으므로 이러한 일들을 잘 조절하고 처리하여 질서를 이루어가는 지혜가 필요하다.

부모님 생전에 공부를 하기 위하여 혹은 직장 생활이나 여러 가지 사정으로 고향을 떠나서 다른 지역으로 나가 살면서 부모의 재산 형성 과정에 전혀 보탬이 되지 않았거나 오히려 많은 혜택을 누렸으면서도 장손(長孫)과 장남(長男)이라는 이유 등으로 상속을 많이 받으려고 욕심을 부린다면 부모님을 가까이에서 모시고 살면서 사회 진출의 기회를 놓치고 부모의 재산 형성에 기여를 크게 해온 형제나 친지들과의 사이에 갈등이 생기고 다툼이 일어날 수도 있다. 도시에 살면서 시골 고향 마을의 땅값이 오르자 평소에 고향이라고 찾지도 않았던 자손들이 재산을 탐내어 고향을 지키고 살아온 형제·친지들과 법정 다툼까지 벌이는 것도 작은 것을 욕심내다 큰 것을 잃게 되는 어리석은 행동이다. 스스로 땀 흘리지 않은 재물은 탐내지 말아야 한다.

형제 간의 우의를 더욱 가깝게 하거나 멀어지게 하는 데는 배우자의 역할이 대단히 중요하다. 결혼을 하기 전에는 누구보다도 잘 지내던 형제도 결혼 이후에 다투고 사이가 나빠지는 경우가 있는가 하면 반대로 소원하였던 형제 사이가 배우자의 역할로 인하여 가까워져 잘 지내는 경우도 많다. 그만큼 배우자의 역할이 중요하다.

형제자매 사이를 갈라놓는 요인에는 종교 문제도 빼놓을 수 없다. 종교 문제로 갈등을 빚어 집안의 크고 작은 일은 말할 것도 없고 제사와 같이 조상을 섬기는 일을 기피하거나 거부하여 남보다 못한 관계로 지내는 형제를 드물지 않게 볼 수 있다. 사람은 누구나 각자의 의사에 따라서 종교를 선택할 자유가 있다. 따라서 각자의 종교를 존중하고 내가 가진 종교가 중요한 만큼 다른 사람의 종교도 인정을 하여야 하며 집안일에 대해서도 자신의 종교적인 이념만을 고집할 것이 아니라 그 가문이 지켜온 고유의 전통과 예절을 존중하고 따르는 자세가 필요하다. 종교란 무엇인가? 궁극적으로는 사람으로서의 도리를 지키며 모두가 화합하고 행복한 삶을 살아가기 위함이 아니던가.

자녀들이 보는 앞에서 언쟁을 하거나 다투는 일이 절대로 있어서는 안 된다. 자녀들은 보는 그대로를 평생을 두고 잊지 못하게 될 것이며 자녀 세대에까지 그 부모의 갈등과 불화를 물려주게 될 것이다. 얼마나 무서운 일인가. 조심하고 또 조심해야 할 일이다.

나무를 보라. 한 뿌리에서 자라나 여러 갈래로 가지를 뻗어가면서 자란다. 어떤 나무는 가지끼리 서로 부대끼면서 소리를 내고 상처를 입혀서 약해지거나 단단한 못이 배기고 말라가서 조그만 바람에도 부러지거나 쓰러져 나무 자체를 죽이거나 상하게 되지만, 어떤 나무는 가지끼리 맞붙어서 연리지(連理枝)를 만들어 한 몸으로 살아간다. 형제가 서로 다투고 상처를 내면서 남보다 못한 관계로 살아갈 것인가 아니면 서로를 도우면서 의좋게 살아갈 것인가는 마음먹기에 달렸다.

문학이나 역사 속에 아름답고 깊은 형제 간의 사랑이 가슴을 뭉클하게 하는 이야기나 형제 간의 갈등과 사랑을 묘사한 작품이 많이 있다. 우리나라의 대표적인 고전 소설인 <흥부전>에서는 욕심 많은 형 놀부에 대한 동생 흥부의 희생으로 형제 간의 갈등이 일어나지 않았다는 이야기를 묘사하고 있으며, 어릴 때 학교 교과서에서 배운 조선 세종 때 실화를 바탕으로 그려진 <의좋은 형제>는 물질만능에 허물어져가는 오늘날의 형제애(兄弟愛)를 되짚어보게 한다.

  '한 마을에 두 형제가 농사를 지으며 의좋게 살고 있었다. 가을이 되어 누렇게 익은 벼를 수확한 형제는 똑같이 나누어서 각각 자기 몫의 볏단을 쌓았다. 동생은 형이 부모님을 모시고 집안을 이끌어가기에는 부족할 것이라 생각하고 캄캄한 밤에 자기 몫의 일부를 형의 몫이 있는 논두렁으로 옮긴다. 형도 살림을 난 지 얼마 되지 않은 동생의 살림이 어려울 것이라는 생각으로 한밤중에 볏단을 동생의 논두렁으로 옮긴다. 다음 날 서로의 낟가리가 줄어들지 않은 것을 확인한 두 형제는 그날 밤 같은 일을 반복하다 서로 만나게 되어 진한 형제의 정을 나눈다'는 내용이다.

  한편, 고려 공민왕 때의 이야기로 <형제투금설화(兄弟投金說話)>가 있다. 형제가 길을 가다가 황금 두 덩어리를 얻어서 나누어 가졌다. 양천강(陽川江: 지금의 경기도 김포시 공암진 근처)에 이르러 형제가 함께 배를 타고 가다가 별안간 아우가 금덩어리를 강물에 던져버리는 것이 아닌가. 이에 형이 그 이유를 물으니 아우는 "내가 평소에는 형을 사랑하였으나 금덩어리를 나누고 보니 형이 미워 보입니다. 따라서 이 물건은 상서롭지 못한 물건이라 차라리 이것을 강물에 던지고 잊어버리려고 그랬습니다." 하고 대답하였다. 이에 형도 "네 말이 과연 옳구나." 하며 역시 금덩어리를 강물에 던졌는데, 그 이후 이 강을 투금뢰(投金瀨)라고 부르게 되었다는 이야기다. 이들 아름다운 형제애의 뒤에는 소리 없이 따르고 협조해준 현명한 아내의 희생과 넓은 마음이 뒷받침이 되기도 했다.

'임종을 앞에 둔 아버지가 아들 삼형제를 불러놓고 나무 한 묶음을 가져오게 하여 각각 한 가지씩 부러뜨리게 하니 잘 부러졌으나 묶음을 한꺼번에 부러뜨릴 수는 없었다'는 형제 간의 단합의 중요성을 가르치는 교훈적인 이야기, 우리 민요(民謠) 중에서 조선 후기 김대부가 지은 <훈민가(訓民歌)> 중의 일부로 "형제 다툼 부디 마소. 한 가문(家門)에 같이 나서 골육친척(骨肉親戚) 되었으니 그 아니 중할쏜가. 조그마한 재물로써 중(重)한 정(情)이 무너진다. 형제지정(兄弟之情) 간데없고 원수같이 되어간다. 저대로 불화(不和)타가 자손에게 전해져서 대대로 원수 된다. 재물(財物)은 부운(浮雲) 같고 형제는 수족(手足)이라. 사람이 수족 없고 일신인들 어이하리"와 같은 노래는 오늘날을 살아가는 우리 모두가 형제 간에 불화(不和)나 갈등(葛藤) 없이 협력하고 도우면서 살아야 한다는 귀중한 교훈이 아닐 수 없다.

동서고금(東西古今)을 막론하고 권력과 재물 혹은 미인(美人) 앞에서는 다툼과 갈등으로 형제 간의 골육상잔(骨肉相殘)이 그치지를 않았다.

나관중이 지었다고 전하는 중국 소설 <삼국지>에서 조조(曹操)의 맏아들인 위(魏)나라 문제(文帝 = 曹丕)는 동아왕(東阿王 = 조조의 셋째 아들 曹植)을 시기하여 몹시 미워했다. 그의 아버지 조조가 죽자, 조비는 후한(後漢)의 헌제(獻帝)를 폐하고 스스로 제위(帝位)에 올랐고 그의 자리 보전을 위하여 형제들을 죽였는데, 어느 날 문제는 아우인 조식에게 일곱 걸음을 걷는 동안에 시를 짓지 못하면 황제의 명을 거스른 죄로 중벌에 처한다고 하였다. 이에 조식은 다음과 같이 시를 지었다.

煮豆燃豆萁(자두연두기)　콩대를 태워서 콩을 삶으니
豆在釜中泣(두재부중읍)　가마솥 속에 있는 콩이 우는구나
本是同根生(본시동근생)　본시 같은 뿌리에서 태어났건만
相煎何太急(상전하태급)　어찌하여 이다지도 급히 삶아대는가

형인 조비를 콩대에 자신을 콩에 비유하여 피를 나눈 형제간의 불화를 상징적으로 표현한 '칠보시(七步詩)'이다.

<삼국지>에 등장하는 주인공 중 한 명인 유비가 비록 피를 나누지는 않았지만 그의 결의형제인 관우와 장비에게 "부부는 의복(衣服)과 같고 형제(兄弟)는 수족과 같다"고 하며 옷은 찢어지면 새 옷으로 갈아입을 수 있지만 형제는 수족과 같아서 한번 인연이 끊기면 영원히 끝[兄弟爲手足, 夫婦 爲衣服]이라고 명심보감(明心寶鑑)을 인용하여 두 아우와 혈맹관계(血盟關係)를 다지기도 하였다. 이처럼 형제와 자매는 천륜(天倫)으로 이어진 관계인데 덧없는 재물이나 사소한 감정으로 남보다 못한 관계가 되어서는 결코 안 될 것이다.

명절 그리고 고향

설날이 가까워오면 온 집안 식구들의 일손이 바빠진다. 새해를 맞이하기 위하여 집 안팎을 비롯한 마을 대청소, 한 해 동안 쌓인 묵은 때와 먼지를 털어내기 위한 도배와 집 단장, 겨울 농한기에 적당한 일거리가 없을 뿐만 아니라 설날부터 정월 대보름까지 거의 일을 하지 않기 때문에 명절을 지내기 위하여 땔감과 소(牛)를 비롯한 가축의 먹이를 준비하고, 어른과 자녀들의 설빔 마련, 차례상 보기 등 명절맞이로 비록 몸은 힘들고 바쁘지만 마음은 즐겁기만 하다.

설이 되면 돈을 벌기 위하여 타지(他地)에 나갔던 사람들도 모두가 가정으로 돌아와 온 가족이 함께 새해를 맞이하고 가급적이면 남에게서 빌린 돈이나 물건은 해가 바뀌기 전에 갚으려 하며, 머슴을 살던 사람들도 명절에만큼은 고용주(雇用主)가 선물을 들려서 집으로 보내어 가족들과 함께 지낼 수 있게 배려하였다.

이러한 우리 민족의 풍습과 관련하여 유명한 전설이 있다. 조선 영조 시대 어느 섣달 그믐날 밤에 어사(御使) 박문수(朴文秀)가 민정을 살피러 여러 지방을 다니던 중 어느 시골집의 사랑채에서 묵게 되었는데, 여남은 살 먹은 주인집 아이가 원님놀이를 하고 있다가 어사를 보고 준절히 나무랐다. "너 이놈, 아무리 어명(御命)을 받고 다닌다고 하지만 양친 부모가 집에 계시거늘 오늘이 섣달 그믐이라 연로하신 부모가 자식 오기를 눈이 빠지게 기다리는데 이 설 명절에 크게 요긴한 일도 없으면서 타관 객지에 머물러 있으니 집안에는 불효(不孝)요 집 밖에는 민심소란(民心騷亂)죄라 그 죄가 어이 가볍다고 하리. 저놈을 매우 쳐라!" 하는지라 어사가 잘못했다고 싹싹 빌었다. 그러자 아기 원님이 "저자가 뉘우쳤으니 다시 방에 곱게 모시도록 하라"고 하였다. 이후로 박 어사는 섣달 그믐에는 암행(暗行)을 다니지 않았다고 한다.

섣달 그믐날 밤이면 집 안팎에 촛불을 밝히고 조왕솥에는 참기름이나 들기름을 종지에 채운 다음 창호지를 말아 심지를 세우고 불을 밝혀서 [※1]조왕신을 맞이하여 한 해 동안 집안의 안녕을 기원하였다. 또 이날에는 명절 준비로 일손이 바쁜 어른들은 말할 것도 없고 '잠을 자면 굼벵이가 된다'고 하는 속설과 함께 새해를 맞이한다는 들뜬 기분으로 잠을 제대로 자지 못하였고, 아이들은 새로 마련한 옷과 신발 등 설빔에 설레는 마음으로 밝아오는 새해를 맞이하였다. 물론 오늘날처럼 수시로 옷을 사서 입을 수 있는 형편이 되지 못하였으므로 설이나 추석 같은 명절이 되어야 새 옷을 입고 새 신발을 신을 수가 있었다.

설날 아침이면 할머니의 도움을 받아가며 시어머니와 며느리, 딸, 손녀가 정성 들여 마련한 음식을 차례상에 올려놓고 집안 모든 식구가 설빔으로 마련한 새 옷을 연령대에 맞추어서 곱게 차려입고 경건한 마음으로 조상님의 음덕을 기원하며 엄숙하게 설날 차례를 지내는데, 각 집안마다 전통이나 절차에 다소 차이가 있겠으나, 우리 집의 경우 조상님께 제사를 올리기 전에 먼저 작은 상을 차려서 할머니께서 "※2)성주님, 부루님 우리 가족 모두 건강하고 잘되게 이끌고 받들어주십시오." 하면서 정성을 들여서 빌고 난 다음 조상님께 제사를 올렸다. 차례가 끝나면 어른에게는 별도의 상을 차려서 올리고 식구들이 한자리에 둘러앉아 올해에도 농사가 잘되어 배고프지 않고, 큰 액(厄)이 없이 온 가족 모두가 잘 살아가기를 바라면서 명(命) 길고 오래 살라는 의미로 가래떡과 떡국으로 식사를 하였다.

식사를 마치면 식구들이 모여서 어른은 윗목에 앉고 순서에 따라 장자(長子)를 시작으로 세배가 시작되었다. "과세(過歲)는 편히 지냈는가, 금년 한 해도 탈 없이 잘 지내고 소원성취 하거라." 하는 덕담(德談)을 시작으로 지난해보다 더 자란 손자, 손녀의 차례가 되면 "할아버지, 할머니 건강하게 오래오래 사세요."라는 인사말과 함께 세배를 올린다. "오냐, 올해에도 건강하고 공부 열심히 해서 좋은 학교에 가서 훌륭한 사람이 되어야 한다." 하는 격려의 말과 함께 옆구리에 찬 쌈지 주머니에서 세뱃돈이 나온다.

가정에 세배를 마치고 조상의 산소를 찾아 성묘가 끝나면 종갓집을 시작으로 이웃에 살고 있는 친척집과 연세가 드신 노인이 계시는 가정들을 방문하면서 세배가 이루어지는데 집집마다 세배를 다니며 마련된 음식과 겸하여 덕담을 나누다 보면 설날 하루해가 짧은데, 이러한 풍습을 통하여 효(孝) 사상이 자연스럽게 몸에 배게 되는 것이라 생각된다.

세배가 끝나고 어른들은 마련된 술과 음식을 나누면서 널뛰기, 윷놀이 등으로 온 동네가 흥에 겨워 떠들썩하고 아이들은 제기차기, 연날리기, 구슬치기, 딱지치기, 비석치기, 돈치기, 팽이치기, 줄넘기, 고무줄놀이 등 각종 민속 놀이로 설을 지낸다. 2~3일간 마을 어른에게 세배와 인사를 마치고 나면 대부분의 젊은 부부는 처갓집엘 다니러 가는데, 외할아버지 외할머니는 시집간 딸과 사위와 함께 외손주를 기다린다.

딸을 시집보내고 처음으로 맞이하는 새해 설 명절에 신혼의 딸이 사위와 함께 친정 나들이를 하게 되는 가정에서는 친정 어머니가 이제나 저제나 시집간 딸이 다니러 올세라 마을 앞 동구 쪽으로 눈이 자주 가고, 짧은 겨울의 하루 해가 뉘엿뉘엿 서산으로 기울어갈 즈음이면 겉으로는 표현을 하지 않지만 오뉴월 기나긴 날보다도 더 길게 느껴지는 하루가 딸아이와 사위를 기다리는 마음으로 목이 길어질 지경이다.

사위가 딸과 함께 처갓집엘 다니러 오면 설날 음식과는 별도로 닭을 잡고 막걸리를 거르고 음식을 마련하는 등 바쁘게 움직이는 장모님의 사위 사랑이 시작된다. 새신랑 사위의 처갓집 나들이는 하루 이틀로 마무리가 되는 것이 아니라 딸이 많아 사위가 여럿인 가정에서는 줄줄이 사위들의 처갓집 방문을 시작으로 처가살이(?)가 시작되는데 손위 동서나 처형, 처남, 처제들과 어울려 술상을 두드려 장단을 맞추어가며 노래를 부르고 놀다가 흥이 오르면 처남과 동서들이 새신랑을 광목으로 붙잡아 매달고 다듬잇방망이로 발바닥을 때리고, 장모와 신부가 술상을 그득하게 차려서 대접을 잘하면 풀어주는 일종의 신고식을 치르게 된다. 처갓집 식구와 친척이 많지 않은 경우에는 마을 청년들이 놀이에 가담을 하는 경우도 있는데 짝사랑하던 이웃집 처녀를 낚아간 새신랑에 대한 질투심도 다소 가미되어 약간의 곤욕을 치르기도 한다.

설 기간 거의를 친정 나들이를 온 딸과 사위들의 뒤치다꺼리에 힘이 들어도 막상 딸을 시댁으로 보낼 때면 새롭게 음식을 장만하여 시댁의 미움이나 사지 않을까 가슴 조이며 보내는 친정어머니의 마음은 아쉽기만 하다.

이렇게 설을 지내고 정월 대보름날 아침에는 오곡밥을 지어서 이웃 간에 서로 나누어 먹고 부럼(음력 정월 보름날 밤에 까먹는 잣·날밤·호두·은행·땅콩 등)을 깨물어 이건강을 기원하고 귀밝이술을 마시면서 한 해 동안 즐겁고 좋은 소식만 듣기를 소망하였다.

정월 대보름을 전후하여 마을에서 청년들과 부녀자들로 구성된 농악 놀이패들이 집집마다 다니면서 풍악을 울리며 지신(地神)에게 고사(告祀)를 올리고 축복을 비는 지신밟기 놀이로 흥을 돋우는 한편, 이때 나오는 금품으로 마을의 공동 기금을 조성하기도 하였다.

정월 대보름날 아침 해가 돋기 전에 만나는 사람의 이름을 불러서 대답을 하면 "내 추위 더위 다 타가거라." 하는 더위팔기를 시작으로 아침부터 마을 청년들이 주축이 되어 생나무를 베어다 달집을 짓고 그동안 날리던 연을 매달기도 하여 꾸며두었다가 해가 기울고 달이 뜨는 시간에 맞추어서 불을 붙여서 달집을 태우고 쥐불놀이를 하면서 한 해의 액을 날려 보내고 복(福)이 들어오기를 기원하였는데, 마을에서 아들이 없는 집에서는 달집이 다 타기 전의 기둥으로 목마를 타면 아들을 낳을 수 있다 하여 젊은 며느리가 목마를 타게 하기도 하였다. 이렇게 정월 대보름이 지나도 설 명절의 여흥이 가시지 않은 보름 뒷날은 '고만이 날'이라 하여 이날에 일을 하게 되면 한 해 동안 고만고만하게 지내게 되니 일하지 않고 편하게 보내야 한다는 핑계를 만들어 사실상 설 명절은 16일간이나 이어졌다.

추석 명절에는 미리 조상의 무덤에 벌초(伐草)를 하여 깨끗하게 정리를 하고, 추석날 집에서 차례가 끝나고 식사를 마치면 간단한 제물을 갖추어 묘소를 찾아 성묘(省墓)를 한 다음 마을의 어른을 찾아 인사를 드리며 세상 사는 이야기와 덕담을 나누기도 하고 그네 타기, 농악놀이, 윷놀이, 씨름, 소싸움 등을 즐기면서 보내고 대보름 달맞이로 하루를 마무리하였다.

추석 다음 날부터는 멀리 사는 친척을 찾기도 하고 아내는 남편과 아이들과 함께 친정 나들이를 하게 되는데, 한 해의 농사를 마무리하는 시기로 본격적인 추수를 눈앞에 두고 산과 들이 온갖 곡식과 과일로 풍요로워 음식 장만이 풍성하고 배가 부르지만 벼와 과일의 수확과 보리와 밀의 파종을 비롯하여 '부지깽이의 힘이라도 빌려야 할 정도'로 바쁜 시기이므로 추석 명절은 설날처럼 그렇게 길게 이어지지는 않았다.

농업을 위주로 하였던 과거의 설날과 추석은 어른이나 아이 할 것 없이 모두에게 기다려지던 고유의 명절이었다. 그러나 산업화 사회로의 급격한 변화로 인한 생활 방식의 다양화로 젊은이는 일자리를 구하여 도시로 떠나고 그에 따라 고향을 찾아 부모님을 만나 뵙고 차례를 지내고 조상의 묘소를 찾아 성묘를 한 후에 마을 회관에 마련된 장소에서 마을 어른들에게 합동으로 인사를 마치고 나면 곧장 이것저것 챙겨서 직장이 있는 도시의 집으로 돌아가기에 바쁘다. 민족의 명절인 추석과 설날이 이제는 농촌에 남아 있는 노인들만의 아련한 추억 속으로 차츰 그 모습이 사라져가고 있다.

고유의 민속놀이는 일상생활과는 멀어져 TV 속에서 몇

몇 배우와 출연자들이 연출해내는 볼거리에 불과하며, 그 나마 명절에 고향을 찾던 인파도 차츰 해외나 국내의 유명 관광지를 향하여 떠나고, 생계나 생활의 편리나 혹은 종교 등을 이유로 명절 차례도 생략되어가는가 하면 조상의 묘지 관리도 귀찮은 일이 되어가고, 자식이 부모를 만나러 찾아오던 것에서 이제는 부모가 자식을 보러 자식의 집으로 가야 하는 것이 현실이다.

명절이라 하여도 아들, 며느리, 손자, 손녀 기다리며 반 갑게 맞아주시던 부모님이 떠나고 계시지 않으니 고향이 왜 그렇게 멀고도 낯선지…. 산과 들은 크게 변한 것이 없 으나 마음은 허전하고 서글픔이 앞서서 향수(鄕愁)마저 흐려지는데 명절날 차례조차 지내지 않으니 조상님께 죄 송하고 서글픈 마음만 가슴을 누른다.

조부모님, 부모님 묘소에 한 잔의 술을 올리고 산짐승들 이 파헤쳐 어질러진 무덤가에 앉았으니 문득 철없이 설빔 이다, 추석맞이다 하여 아버지, 어머니의 형편은 생각지도 못하고 남들은 모두가 새 옷에, 새 신발인데 나는 형들이 입던 옷을 빨고 기워서 입히고 신기시는가 하는 야속한 마 음으로 명절을 보냈던 철없던 어린 시절의 기억이 새로이 솟아올라 더욱 죄송스럽기만 하다.

20세에 고향을 떠나 살아온 지 40년이 훌쩍 지나 머리는 희어지고 젊은 날에 품었던 꿈은 이루지 못한 채 어느 덧 인생의 황혼에 서 있다. 친지와 친구들은 거의가 도시로 떠나고 함께 부대끼며 자라서 고향을 지키면서 살아온 몇 명 남지 않은 고향 동무들마저 어느덧 노인으로 변하였는데 내 마음은 잠시 어린 시절의 아련한 추억 속을 맴돌고 있다. (2011. 9. 추석을 보내며)

※ [1] 조왕신(竈王神): 부엌을 맡고 있다는 신으로, 조신 (竈神)·조왕각시·조왕대신·부뚜막신이라고도 한다. 본질적으로는 화신(火神)인 조왕신은 성격상 부엌의 존재가 되었고, 가신(家神) 신앙에서도 처음부터 부녀자들의 전유물이었다. 부인들은 아궁이에 불을 때면서 나쁜 말을 하지 않아야 했고 부뚜막에 걸터앉거나 발을 디디는 것은 금기 사항이었으며, 부뚜막을 항상 깨끗하게 하고 벽에는 제비집 모양의 대(臺)를 흙으로 붙여 만들고 그 위에 조왕중발(조왕보시기)을 올려놓았다. 주부는 매일 아침 일찍 일어나 샘에 가서 깨끗한 물을 길어다 조왕물을 중발에 떠올리고 가운(家運)이 일어나도록 기원하며 절을 했다.

명절 때 차례를 지내거나 집안의 치성(致誠) 굿을 할 때는 성주에게 하듯이 조왕신에게도 조왕상을 차려놓는데 대개 목판에 간단히 차려서 부뚜막에 올려놓았다. 조왕신의 풍습은 우리나라 전역에 퍼져 있으나, 남부와 충청도에서 비교적 잘 발달하였다. (출처: 네이버 백과사전)

※ [2] 성주(聖主): 집을 지키고 보호하는 신령. 집을 새로 짓거나 옮길 때에는 반드시 이 신을 모시었다. 흰 종이를 한 변이 10센티미터가량 되게 모나게 여러 겹 접고, 그 속에 왕돈 한 푼을 넣고 안방 쪽으로 향한 대들보 표면에 붙인 다음 쌀을 뿌려 붙게 하여 이 신의 표상으로 삼는다.

마누라·영감·며느리의 어원(語源)

우리나라 말처럼 표현이 다양하고 복잡한 언어도 찾아보기 어려울 것이라 할 수 있겠는데, 그만큼 감성이 풍부하고 낭만이 있으며 정서(情緒)가 풍부한 민족(民族)으로서 오랜 세월을 고유한 언어와 문자를 발전시키고 사용하면서 살아왔기 때문이리라.

우리말의 다양한 표현 가운데 사람을 부르는 호칭(呼稱)만 하더라도 남성이냐 여성이냐, 나이, 결혼 여부, 지위의 고하(地位高下), 살아 있느냐 죽었느냐, 그리고 누가 부르는가에 등에 따라서 동일한 사람일지라도 부르는 방법이나 표현이 각각 다르다.

남자는 남정네, 남진, 남편, 사나이, 사내, 총각, 도령, 도련님, 영감, 아저씨, 바깥양반, 아범, 할아범, ※장골 등, 여자는 아내, 여편네, 마누라, 집사람, 안사람, 내자, 계집, 어멈, 부인, 영부인, 사모님, 여사, 아가씨, 아씨, 처녀, 할

멈, 아주머니 등으로 다양하여 어떤 경우에 어떻게 불러야 할지 곤란스러운 경우가 많다.

아내라는 말은 영어는 와이프(wife), 일본어는 가나이 [家內] 혹은 오쿠상(奥さん = 남의 아내를 지칭) 등으로 비교적 간단하지만 우리말은 그렇지 않은데 '아내'는 옛날에는 '안해'로 불리었다고 한다. '안'은 '밖'의 반대말이고 '해'는 사람이나 물건을 말할 때 쓰이던 접미사로 '안해'는 '안사람'이란 뜻이라고 한다. 그래서 '안사람'이란 말이 오늘날에도 사용되고 있는 것으로 보고 있다. 남자를 '바깥사람', '바깥분', '바깥양반' 등으로 부르는 것도 같은 의미로 볼 수 있을 것이다.

'여편네'는 한자어로 '여편(女便)'에다 '집단'을 뜻하는 접미사 '-네'를 붙였다고 볼 수 있는데 '여편'과 '남편'은 상호 대립되는 말로서 '여편네'는 결혼한 여자를 낮잡아 이르거나 자기의 아내를 낮추어 이르는 말이라고는 하지만 '여자에 해당하는 사람'이라고 할 수 있을 것이다.

아내를 뜻하는 '마누라'와 '영감'은 어떤 의미일까. '마누라'는 남편이 다른 사람에게 자신의 아내를 가리켜서 부를 때, 또는 아내를 '여보, 마누라!' 하고 부를 때 주로 사용되고 있다. '마누라'는 상전이나 마님 혹은 임금 등을 이르는 말인 '마노라'가 모양을 달리하여 변한 것으로 보고 있는

데 '마노라'가 본래는 극존칭(極尊稱)이어서 노비가 상전을 부르는 칭호 또는 임금이나 왕후에게 대한 가장 높이는 칭호로 사용되었다고 하며, 극존칭으로 높일 사람이 남자든 여자든 성별에 상관없이 부르던 호칭이었다고 한다.

　그러나 사전적인 해석은 중년이 넘은 아내를 허물없이 이르는 말, 혹은 중년이 넘은 여자를 속되게 이르는 말이라고 하니 사용에 신경을 써야 할 것으로 생각된다. 학자에 따라서 견해를 달리하고 있기는 하지만 '마누라'라는 말은 우리의 선조나 우리 세대에서 자연스럽게 사용하고 있는 말이므로 '와이프'나 혹은 국적 없이 무절제하게 사용되고 있는 어색한 호칭보다는 훨씬 나은 것 같다.

　'영감(令監)'은 조선 시대에 종이품(從二品)·정삼품(正三品) 당상관의 품계를 가진 관인(官人)을 부르는 말로서 노인(老人)을 높여 부르는 말이 아니었다. 영감은 영공(令公)이라고도 하는데 이러한 칭호가 언제부터 사용되었는가는 명확하지 않으나 국왕의 존칭인 상감(上監)과 정1품·종1품·정2품의 관계를 가진 관원의 존칭인 대감(大監)이 조선 초기부터 사용되었고 영감과 연관된 것으로 보이는 영(令)·감(監)의 관직이 신라 시대 이래로 사용되어왔던 것으로 보아 조선 초기부터 사용된 것으로 보고 있다.

조선이 망하자 상감이라는 말은 사라져버리고 '대감'은 민간의 무속(巫俗)에서 신명(神名)으로서 사용되기도 하였다. '영감'이라는 말은 관리·노인·가장(家長)을 존중하는 우리 고유의 풍습이 더해지면서 ① 판사·검사 등의 법관이 서로를 부를 때 ② 법관이 아닌 사람이 법관을 부를 때 ③ 시장·군수를 부를 때 ④ 노인을 부를 때 ⑤ 부인이 자기의 남편이나 다른 사람의 남편을 부를 때 등으로 일반화되었다. 그러나 ②의 경우는 1962년에 대법원에서 민주주의의 정신에 어긋난다 하여 금지했지만 이미 사회적으로 인습화되어 있어 쉽게 없어지지 않고 있다.

'마노라'와 '영감'이라는 말이 어떤 이유로 아내와 남편을 지칭하는 말로 바뀌었는지 알 수는 없지만 남자는 기껏해야 '정삼품(영감)' 정도로 불리었는데, 아내는 '임금(王)이나 왕비(마누라)' 정도의 존칭으로 불리었다는 것으로 보아 예전에는 아내를 남편보다 높였던 것으로 볼 수 있다.

'며느리'는 아들의 부인이란 뜻으로 '며느리'란 말이 사용된 기록은 조선 후기에 처음으로 나타났다고 한다. 시집살이를 혹독하게 시키면서 며느리를 미워하는 시어머니에 대한 푸념을 읊은 시조 작품(時調作品)에 '며나리' 혹은 '며느라기'가 등장하였다. '며느리'라는 명칭의 오래된 기원을 '메나리'로 보면 '메'는 '며'로, '나리'는 '누리' 혹은 '느리'로 바뀌었는데 '메나리'는 '메 + 나리'로서 '메를 내려받는 사람'이라고 할 수 있다. '메'는 신에게 바치는 밥을 가리키는 것으로 제사를 지낼 때 '밥'을 '메'라고 하는데, 제사는 신을 공경하고 즐겁게 함으로써 자손의 번영과 안녕을 기원하는 의미가 중심을 이루는 것으로, 가정에서 제사를 모시면서 조상을 숭배하는 일은 전통 사회에서 대단히 중요하여 제사를 정성껏 지냄으로써 선조의 음덕(蔭德)을 받아 자손이 번창할 수 있다고 믿는 조상 숭배와 효(孝) 사상에서 기인하였다. 자손이 길이 번성하기 위해서는 제사를 잘 모시는 것이 기본이라 할 수 있으며 그 제사를 모시는 중심 인물이 바로 '며느리'라는 것이다.

제사를 모신다는 것은 표면적인 의미보다 더 깊은 이면적인 의미가 있어서 제사를 정성 들여 잘 모신다는 것은 자손들이 조상을 숭배하는 일이므로 그렇게 하기 위해서는 자손을 많이 생산할 필요가 있었고, 자손을 생산하는 것은 여성이 하는 일이므로 제사를 모신다는 말 속에는 자손을 생산한다는 의미가 함께하여 자손을 생산하는 주체인 사람이 곧 제사를 받드는 주체가 될 수밖에 없고, 그런 의미에서 '메'를 '내려받는' 사람이 곧 '며느리'라고 보는 견해도 있다.

　인류가 사회나 가정을 제대로 유지하고 이어나가기 위해서 반드시 해야 할 것 중에 일차적인 것이 가정을 보전하고 꾸려나갈 자식을 나아서 기르는 것이고, 다음으로 생명을 이어나갈 먹을거리를 생산하는 것이라 할 수 있다. 가문을 일으키고 이어나가기 위하여 이 두 가지가 가장 중요한 일이었기 때문에 자식을 생산하고 조상을 모시는 일은 여성이 담당하고, 먹이를 생산하여 가족의 생계를 유지하는 일은 남성이 담당하게 되었을 것이다.

　의학이 발달하지 못하고 영양 공급이 제대로 되지 않아 목숨을 부지하기 힘들었던 고대 사회에서는 자식을 낳아 무사히 길러내는 일은 사람의 힘만으로는 잘 되지 않는다는 의식 때문에 조상신(祖上神)을 비롯한 여러 신들에게 제사를 올리고 정성을 드림으로써 그 음덕을 받는 것이 대단히 중요한 일이었을 것이므로 가정에서 신들에게 정성을 기울이는 주부는 제사장(祭司長)으로서의 일을 담당했던 것으로 보아야 할 것이다.

　신(神)을 모시고 숭배하는 행위인 제사에서 가장 중요한 것이 바로 음식이고, 음식 중에서도 밥이었기 때문에 그것을 이어받아 가정을 이끌어갈 존재가 바로 아들의 부인이었던 것이다. 따라서 '며느리'라는 말은 한 가정의 제사장을 이어받는 사람이라는 의미를 가진 '메나리'에서 출발하게 된 것으로 '며느리'라는 말이 자식을 낳아서 길러내는 주체라는 의미를 지닌다고 본다면 가정이 여성을 중심으로 움직이며 자식을 낳아서 길러내는 일이 인간의 생활 중에서 가장 근본이 되는 중요한 일로서 '며느리'라는 말 속에는 여성을 존중하는 의미가 있는 것으로 보았다.

(퍼 온 글을 참고하여 일부 정리하였음)

※ 장골: 매우 건장한 사람을 이르는 말로서 뼈가 거대하고 몸집이 우람한 사람을 뜻하는 경상도 말.

부부간의 호칭에 대하여

부부(夫婦)라는 말은 결혼을 한 남편과 아내를 아우르는 의미로서 내외간(內外間), 부처(夫妻), 이인(二人), 항배(伉配), 배필(配匹), 신랑각시 등으로 부르기도 하는데 순수한 우리말로서 '부부'를 정답게 부르거나 귀엽게 혹은 겸손하게 이르는 말이지만 오늘날에는 거의 잊히다시피 한 '가시버시'라는 말도 있다.

부부는 남남인 남자와 여자가 성인이 되어 좋은 인연으로 만나서 결혼이라는 절차를 거쳐서 사랑으로 맺어진, 세상의 그 어떤 사람보다도 가깝고 허물없이 즐거움과 괴로움을 함께하며 살아가는 사이이다.

부부가 함께 살아가다 보면 항상 즐겁고 행복한 날만 이어지는 것이 아니라 사소한 갈등을 겪을 수도 있고, 어려움을 당하거나 위기를 만나기도 하며, 의견의 충돌이 일어나 다투게 되는 경우도 있다. 하지만 진정한 부부라면 서로가 이해하고 양보하는 가운데 사랑으로 감싸고 의지하면서 살아간다.

그래서 '부부 싸움은 개도 안 말린다', '부부 싸움은 칼로 물 베기'와 같은 말처럼 부부간의 갈등은 섣불리 다른 사람이 개입하거나 끼어들 수 있는 것이 아니면서도 쉽게 풀어지거나 화합할 수 있는 것이다.

사람이 일생을 살아가면서 부부 사이보다 크고 깊게 희로애락(喜怒哀樂)을 공유(共有)할 수 있는 관계는 없다. 부모의 사랑은 영원한 것이기는 하지만 부부 사랑과는 차원이 다르고, 형제자매와 자식은 가깝기는 하지만 일정한 시기가 되면 곁을 떠나간다. 그러나 비록 남남끼리 만난 사이이기는 하지만 부부는 마지막 순간까지도 즐거운 일이 있으면 함께 즐거워하고 어렵거나 힘든 일이 있으면 서로가 위로하고 의지하면서 힘을 모아 헤치고 나간다. 좋은 일이 있으면 함께 즐거워하고 어려움은 나누면서 병이 들면 정성으로 보살피고 돌보며 굳이 말을 하지 않아도 표정이나 몸짓만으로도 의사가 통한다. 그것이 진정한 부부다.

과거 엄격한 유교 사회에서는 부부유별(夫婦有別)이라 하여 남편(男便)과 아내는 분별(分別)이 있어야 하고 부부(夫婦) 사이에는 인륜상 각각(各各)의 역할이나 직분(職分)이 있어서 서로 간에 침범(侵犯)해서는 안 되는 구분

(區分)이나 지켜야 할 도리가 있었으므로 서로를 부르는 호칭에 있어서도 엄격한 격식과 예의를 차려야만 하였다. 부부 사이의 예의는 상류 계층이라 할 수 있는 사대부(士大夫) 집안이거나, 비록 몰락을 하였더라도 양반가의 전통을 유지하고 있는 가문(家門)일 경우에는 철저하게 지켜야만 하였으나 시대의 흐름에 따라 의식구조(意識構造)와 문화, 생활 방식 등이 다양해지면서 부부간의 호칭에 있어서도 자연스럽게 변화가 일어나 다소의 어색함과 함께 자유분방한 면이 동시에 나타나고 있다.

부부간의 호칭을 들어보면 '○○씨', '○○아' 하고 이름을 부르거나, '자기야, 여보, 이봐요, 그이, 저이, 아저씨, 누나, 오빠, 형, 아빠, 야, 어이, 마누라, 신랑아, 각시야, 미스터 김(Mr. Kim), 허니(honey), 달링(darling)' 등 일일이 헤아리기 어려울 정도로 표현 방식이나 언어의 국적도 다양해지고 있다. 심지어는 대중을 상대로 하는 방송 등에서도 아무런 어색함 없이 남편에 대한 호칭을 '오빠', '아빠', '형' 혹은 '아저씨'로, 아내에 대한 호칭은 '누이', '누나' 등으로 부르고 있으며 듣는 사람들도 별다른 부담감을 느끼지 않고 있는 현실이다.

그러나 이러한 말들을 사용해도 괜찮다거나 품위 있는

표현으로 인정하기에는 다소의 문제가 있다고 생각된다. 젊은 부부들이 거리낌 없이 사용하는 '오빠', ' 아저씨 혹은 '아빠'라거나 '누이', '누나'와 같은 말을 예를 든다면 그들 부부에게는 친근감이 있고 자연스러운 느낌이 들지는 모르겠지만 듣는 사람이나 기성세대가 체감하기에는 아무래도 거북하게 들릴 수밖에 없다.

아들과 며느리가 '자기야', '오빠' 혹은 '아빠' 하고 부르면 시부모의 입장에서는 어색하거나 민망하게 들릴 수도 있다. '자기야'라는 말은 사전적인 의미보다는 연인끼리 혹은 젊은 부부가 다정한 느낌을 나타내는 표현 정도로 생각을 하더라도 '아빠', '오빠' 혹은 '누나', '누이'라는 표현은 피를 나눈 형매(兄妹)간이나 부녀(父女) 사이를 이르는 말이기 때문에 그렇게 좋은 표현은 아닌 것 같다. 더구나 이러한 표현은 우리의 전통적인 표현 방법이 아니라 일본어의 영향이 크다고 하니 주의를 했으면 좋겠다는 생각이 든다. 또한 '달링'이나 '하니' 같은 외국어식 표현도 시대적인 흐름이기는 하지만 왠지 어색하게 들리는데, 우리나라 고유의 정서나 우리말의 예절과는 거리감이 느껴지기 때문이다.

부부 사이의 호칭은 급변하는 사회 현상과 더불어 세대 간의 차이를 반영하는 언어 현실을 고려한다고 하더라도 옳고 그름을 생각해보아야 할 것이다. 그렇다고 너무 격식이나 예절에 얽매여 자연스런 애정 표현까지도 불편하게 하자는 것이 아니라 다른 사람이 들어서 거북해하거나 어색하지 않으면 좋을 것 같다.

부부 사이에 신혼에서부터 일생 동안 서로를 부를 수 있는 말로는 일반적으로 널리 쓰이고 있는 '여보'나 '당신'이 가장 무난할 것이다. 사전적인 의미에서 '여보'는 어른이 가까이 있는 자기와 비슷한 나이 또래의 사람을 부르거나 혹은 부부 사이에 서로 상대편을 부르는 말이며, '당신(當身)'은 듣는 이를 가리키는 2인칭 대명사로 하오할 자리에 쓰는 것으로 풀이하고 있기 때문이다. '여보'라는 말은, 문세영의 『조선어사전』(1938)이나 한글학회의 『중사전』(1958)에 평교간에 부르는 소리나 '여보시오'의 좀 낮은 말로 풀이되어 있고, 오늘날 부부간의 호칭어로 가장 일반적으로 쓰이는 말이기도 하지만 '여보(女寶)'는 보석과 같이 귀중한 사람이라는 의미를 부여할 수 있어서이기도 하다.

결혼을 하여 '여보'라고 하는 말이 쉽게 나오지 않으면 '여봐요'라거나 '○○ 씨' 하고 이름 뒤에 존칭어를 넣어 부르는 것도 무난하다고 하며, 아이가 있으면 아이의 이름을 넣어서 '○○ 아빠(아버지)'라거나 '○○ 엄마(어머니)'

하고 부르는 것도 예절에 어긋나지 않는다고 한다.

　아무리 일반적으로 널리 사용이 되고 있다고 하더라도 '어이'나 '야', '여편네', '에미' 등과 같이 존경심과 품위가 느껴지지 않고 낮추어 부르거나 기분을 좋지 않게 하는 표현은 적절하지 않다고 하니 주의를 하여야 할 것이다.

　다른 사람에게 남편이나 아내를 말할 때는 더욱 어려움을 겪게 되는데, 아내가 시부모에게 남편을 가리켜서 '아비' 혹은 '아범'이라고 하면 되지만, '○○이 아빠(아버지)'라고 하는 것은 부모 앞에서 남편을 높이는 말이므로 올바른 표현은 아니라고 한다. 남편이 아내를 이를 때 '집사람'이나 '안사람' 같은 말을 부모에게 쓰는 것은 맞지 않고 '어미' 또는 '어멈'이라고 하면 무난하지만 '○○이 엄마'와 같이 말하는 것은 아내를 높여서 부르는 것이 되므로 적절하지 않고 '그 사람'이라고 하면 무난하다고 한다.

　아이가 없는 경우에 아내는 남편이 그 자리에 없으면 '그이', 가까이에 있다면 '이이', 다소 떨어져 있다면 '저이'라 하고 자신의 친구나 동료들에게는 '그이'나 '우리 남편'이라고 하며 결혼 초에는 '우리 신랑', 아이가 있다면 '애 아빠(아버지)'라고 하면 무리가 없다고 한다.

　그렇지만 남편의 직함이나 직위 등을 붙여서 '우리 사

장', '우리 부장' 등으로 말하는 것은 다른 사람에게 자신의 남편을 높이는 것으로 옳지 않다고 하며 남편을 찾는 전화를 받을 경우에 상대방의 신분이 확인되지 않았다면 "아직 들어오지 않으셨는데요.", "지금 계시지 않습니다." 와 같이 남편을 높여도 무리가 없지만 상대방의 신분이 남편의 상사이거나 동료, 친구라고 확인이 되었다면 낮추어 말하는 것이 좋다고 한다.

부부에게 있어서 무엇보다 중요한 것은 서로를 존중하는 마음이며 상대방을 아끼고 사랑하는 표현은 다름 아닌 호칭어에서부터 비롯되는 것이므로 부부의 행복한 삶을 위해서는 그 호칭어를 잘 가려 쓰는 일부터 소중하게 여겨야 할 것이다.

결혼(結婚)이란

친구가 애지중지(愛之重之) 사랑으로 곱게 기른 딸을 시집보낸다고 하여 축하를 하기 위하여 예식장엘 다녀왔다. 참으로 아름다운 한 쌍이 각기 다른 환경에서 자라나 좋은 인연으로 만나 많은 사람들의 축복을 받으며 결혼이라는 의식을 치르고 부부(夫婦)라는 이름으로 새로운 인생의 출발을 하려 하고 있다. 이제부터 그들이 함께 헤치고 나가야 할 남은 삶은 결혼식장에서 활짝 웃고 있는 아름다운 그 모습처럼 서로가 마주하여 사랑하고 의지하며 모자라는 것이 있으면 보충하고 도우면서 또 다른 하나의 가정을 이루어 가꾸면서 행복하게 살아갈 것이다.

연지(臙脂) 곤지 곱게 단장하고 족두리에 한복을 곱게 차려입은 신부와 사모관대(紗帽冠帶)에 결혼 예복을 차려입은 신랑이 가마 타고, 말 타고 시집가고 장가가던 모습이 60년대 이전의 결혼식 광경이었는데 오늘날은 예식장이나 호텔 같은 장소에서 허리가 휠 정도로 경비 부담이 가는 결혼식을 올리고 값비싼 예물을 주고받는 형태로 변한 것도 어쩔 수 없는 시대의 변화로 받아들여지고 있다.

결혼을 해야 할 나이가 늦은 아들이 참한 규수(閨秀)를 만나 나도 며느리를 맞이하고 예쁜 손자 손녀들의 재롱을 보면서 노년의 즐거움을 느껴보고 싶은 생각이야 간절하지만 아직까지 결혼에 대한 생각이 크게 없는 것 같아 약간은 속이 탄다. 군에 제대하고 취업도 해야 하고 남은 학업도 마쳐야 하고…. 나름대로는 바쁜 생활을 이어가는 것이 오늘날을 살아가는 젊은이들의 생활인 동시에 고민거리가 아닐까?.

언제부터인가 처녀 총각들의 결혼 연령이 자꾸만 늦어지고 자녀도 많이 낳지 않으려 하거나 낳지 않는 부부도 늘어나고 있어서 출산장려정책(出産獎勵政策)까지 시행하고는 있으나 쉽게 출산율을 끌어올리지 못하고 있어서 국가의 미래마저 우려되는 형편이다. 불과 30~40년 전만 하여도 식량 부족으로 한 사람의 입이라도 줄여서 기아를 벗어나고자 산아제한(産兒制限)정책을 시행하였던 나라에서 인구 감소가 문제가 되는 사회로 바뀌었으니 격세지감(隔世之感)을 느끼지 않을 수 없다.

결혼은 사전적으로 '남녀가 정식으로 부부 관계를 맺음'으로 풀이되고 있다. 뜻글자인 한자(漢字)로 결혼(結婚)을 풀어보면 結(결)은 糸[실] + 吉[아름답다. 좋다], 婚은 女[여자, 딸, 처녀] + 氏[성씨] + 日[해, 날]를 조합하여 만든 글자로서, 곧 아름다운 인연의 끈으로 맺어진 남자와 여자(처녀와 총각)는 일몰(日沒) 시까지 함께해야 한다. 다시 말해서 한번 맺어진 아름다운 인연은 그 생명이 다할 때까지 기쁜 일이나 슬픈 일이나 함께하면서 살아야 한다는 의미를 담고 있다 할 것이다.

결혼과 비슷한 말로서 혼례(婚禮), 가취(嫁娶), 가약(佳約), 백년가약(百年佳約), 성례(成禮), 성혼(成婚), 화혼(華婚), 혼인(婚姻), 혼약(婚約)과 같은 말들도 모두 인연으로 만났으니 생명이 다할 때까지 함께해야 한다는 의미와 축하의 의미를 가지고 있는 것으로 볼 수 있다.

세태(世態)의 변화로 결혼을 너무 가볍게 생각하는 풍조(風潮)가 늘어가고 있는 것 같아 안타깝다. 젊은 사람은 말할 것도 없고 상당한 세월을 함께 살아온 부부도 성격 차이, 경제적인 문제, 배우자의 부정 등 갖가지 이유로 돌아서거나, 인생의 마무리 시기에 황혼이혼(黃昏離婚)이다 뭐다 하며 이런저런 이유로 사람들의 이야깃거리가 되는 현실은 경제 성장으로 인한 물질적인 풍요 속에서 또 다른 정신의 빈곤으로 가고 있는 것은 아닐는지….

　예전에는 결혼을 인륜지대사(人倫之大事)라 하여 아주 중요하게 여기는 한편 딸이 결혼을 하게 되면 출가외인(出嫁外人)이라 하여 시집간 가문의 귀신이 되어야 하고 이혼이나 소박(疎薄)을 수치스럽다고 여겨서 딸이 시집살이가 힘들다고 하소연이라도 하게 되면 그 어머니나 아버지가 "참고 살아라, 살다 보면 끝이 있고 좋은 날이 온다." 하며 인내와 도리(道理)를 가르쳤다. 그렇지만 오늘날에는 '힘들고 싫으면 그만두라'고 하는 풍조가 늘어가고 TV 드라마 같은 대중 매체에서도 부부의 인연을 가볍게 생각하거나 부정을 예사로 여기는 경향이 늘어나고 있으며 일부에서는 온 세상이 떠들썩하게 결혼식을 올리고서도 이혼이 무슨 이력이라도 되는 것처럼 스스러움이나 부끄러움도 없이 방송이나 신문의 지면을 장식하면서 사람들에게 이야깃거리를 제공하기도 한다.

　오랜 기간을 서로가 사랑하고 의지하며 자식을 낳아 기르고 고락을 함께하면서 살아온 부부도 마음이 맞지 않으면 미련 없이 등을 돌리는 한심한 세태(世態)가 되어가고 있으니 인륜도덕(人倫道德)의 붕괴요 가정의 위기라고 아니 할 수 없다. 각자는 서로의 사정에 따라 돌아선다고 하여도 그 주변의 사람들이 겪어야 하는 어려움이나 남겨진 자녀들이 안고 살아가야 할 아픔에 대하여는 어떻게 할 것인가?

사람이 금수(禽獸)와 다른 것은 도리(道理)를 알고 지키는 것이다. 사람이 사람으로서의 도리를 아는 것, 인내와 염치, 양보와 사랑의 도리를 지킬 줄 아는 것, 이성(理性)으로 판단하고 행동하는 것이 본능에 따라 행동하는 짐승과 다른 것이다. 각기 다른 환경에서 태어나고 자라난 남남끼리 같이 살아가다 보면 생각이나 생활 습관의 차이와 그로 인한 갈등이 전혀 없을 수는 없다. 항상 좋은 날만 이어가기는 더욱 어렵다. 그렇지만 서로가 조금씩만 양보하고 배려하면서 각자의 도리를 지킨다면 어떠한 난관(難關)이라도 극복하면서 어려움을 헤쳐 나갈 수 있을 것이다.

부부 사이에도 서로가 이기려고만 하고 양보와 희생이 따르지 않으면 생활을 하기가 어려워진다. 사랑이 모든 것을 해결주지는 못한다. 그것은 하늘에 그려진 무지개와 같아서 잡히지를 않고 유효기간도 길지 않다. 협력하고 양보하고 인내하고 희생하는 마음이 더해져야 가정이 화목하고 진정한 사랑으로 충만한 가정을 꾸려갈 수 있다. 서로의 희생과 협조가 없이 가정의 행복은 이어갈 수 없다.

좋다고 가지고, 싫고 귀찮다고 돌아서버린다면 부부 사이가 집에서 기르는 애완동물과 다른 것이 무엇인가. 좋아할 때는 언제고 아프다고 버리고, 보기 싫다고 버리고, 마음에 들지 않는다고 버리고, 쓸모없다고 버리고 등을 돌린다면 어떻게 되겠는가. 한밑천 잡겠다고 배우자를 택하고, 배경이 좋다고, 정략적으로, 잘생겼다고, 멋있다고, 첫눈에 반해서 등등, 여러 가지 이유와 인연으로 각기 다른 환경에서 살아온 남남인 남자와 여자가 만나서 결혼이라는 이름으로 가정을 이루고 살아간다. 좋아서 만난 사이가 남보다 못한 관계로 변해서야 되겠는가. 낯선 남남끼리 부부라는 인연으로 만나서 희로애락(喜怒愛樂)을 함께하며 자식을 낳아 기르고 정들어 살다 보면 속상하는 일들도 많겠지만 즐겁고 행복한 일이 더 많고, 어려운 일이 생기거나 나이 들고 병들면 결국 서로 의지하고 돌아갈 수 있는 곳은 남편과 아내뿐이다.

결혼이란 단지 부부(夫婦)가 되는 두 사람만의 만남을 넘어서 작게는 두 집안의 만남이며 더 나아가서 두 가문(家門)간의 만남이다. 남남끼리 만나서 결혼이라는 의식을 치르고 부부라는 이름으로 가정을 이루어 남은 여생을 살아간다는 것은 조그마한 조각배를 타고 노를 저어 거친 물살을 헤치고 나가는 것과 같아서 행복하고 즐거운 일만 있는 것이 아니라 거친 풍랑을 만날 수도 있고 수많은 어려움과 난관을 극복해 나가야 한다. 따라서 두 사람의 마음이 맞아야 길을 막는 어려움과 고난을 극복하고 행복의 마당에 도달할 수 있는 것이다. 부부가 마음을 합하고 뜻을 같이한다면 어떠한 어려움도 장애가 될 수 없다.

부부란

"곰국 끓여놓았다. 다녀올게." "아내만 믿고 살기에는 너무 힘든 세상이다." 여행용 가방을 끌고서 당당하게 현관문을 열고 나가는 중년의 아내와 그러한 모습을 보면서 거칠게 김을 내뿜으며 끓어 넘치는 찜통 앞에서 안절부절 못하는 머리가 약간 벗겨지고 헐렁한 복장에 세상의 갖은 풍파에 시달리면서 인생의 황금기를 가족을 위하여 열심히 일하다 나이에 밀려 직장에서 퇴직을 하였음직한 남편의 모습을 그린 CF(commercial film, 선전)의 한 장면이다. 반달 모양의 예쁜 선을 그리는 긴소매 저고리에 발등까지 덮어서 방바닥을 쓸어내는 치맛자락 아래 콧날이 살포시 추켜져 올라간 버선을 신고서 물기 젖은 두 손을 앞치마로 감싸며 고운 얼굴에 홍조를 담아서 수줍은 모습으로 서방님을 반갑게 맞이하고 배웅을 하는 다소곳하고 예쁜 자태의 새악시와 부모의 눈치를 보아가며 아내에게 사랑의 감정을 표현하던 남편의 모습과는 너무나도 대조적이다.

이러한 현상은 외적의 침입으로부터 마을과 집단의 안전을 지키거나 가족의 생계를 뒷받침하기 위하여 상대적으로 우월한 힘과 노동력이 절대적이었던 시대에는 남성의 강한 체력이 필요충분조건이었으나, 삶의 수단이나 생활 환경이 경제력을 우선으로 하는 구조로 바뀌어감에 따라 체력도 중요하지만 두뇌의 능력이 많은 비중을 차지하게 되자 여성의 역할이나 사회 참여의 기회가 확대되면서 일어나는 자연적인 변화로 보아야 할 것이다.

산업화 사회로 발전을 하면서 월급봉투를 내밀며 아내 앞에서 당당하던 지난날 남편의 모습은 위축이 되어가고 있다. 반면에 환경의 변화로 남녀 간 지위나 경제적인 능력이 평등해지고 집 밖으로 한 걸음 나서는 순간부터 치열한 두뇌 경쟁으로 살아갈 수밖에 없는 구조로 바뀌어 정신적인 스트레스에 육신의 피로는 더하여 집으로 들어서는 시간부터 남편은 휴식을 바라게 되었다. 한편 수입의 관리를 비롯한 시장 거래의 수단들이 현금 위주에서 은행 계좌를 통한 카드나 모바일(mobile) 기기 등을 이용한 처리로 간편화되면서 경제적인 실권이 아내에게로 넘어가고, 영양과 환경의 개선에 이은 의학의 발전은 수명의 연장을 가져왔다. 사람들과 어울리는 친화성에 있어서도 여자들은 비록 처음 만나는 사람일지라도 쉽게 친근해지는 반면에 남자들은 시간이 어느 정도 지나야 마음을 열고 친해질 수 있으며, *호르몬 등 생리적인 영향으로 남자들은 나이가 들어갈수록 남성 호르몬 비율의 감소로 기상(氣像)이 수그러들고 수동적으로 변하는 반면에 여자들은 여성 호르몬의 감소로 인하여 남성 호르몬의 비율이 높아지면서 능동적인 성격으로 변하게 됨에 따라 젊은 시절에는 당당하게 큰소리치면서 살던 남편도 나이가 들면 아내 앞에 기죽어 살 수밖에 없는 환경으로 바뀌어간다.

찬바람을 막으려고 여러 겹의 옷을 차려입고 목도리까지 두른 채 둘러앉은 할머니들의 이야기가 한창이다.

"아무개 할머니 요즈음 잘 보이지 않던데 어디 갔어요?"

"안 갔어. 그 할머니 살아온 세상은, 말도 마라. 어린 나이에 아무것도 모르고 시집와서 고생은 무지하게 많이 했어. 재산이라고는 아무것도 없고 식구들만 많은 집에 시집을 와서 그 할머니가 집안 살림을 다 이루다시피 했거든. 영감은 돈벌이하러 나갔다가 몇 달 만에 한 번씩 오는데,

시어머니라고 하는 것이 어떻게 독하게 시집을 살리던지 말도 못 했단다."

"그 할머니 시어머니 몇 해 전에 돌아가시지 않았어요? 고부간에 나이도 크게 차이가 나지 않은 것 같고 잘 지내던데요?"

"맞아요. 그 할머니가 18살에 시집을 오니 시어머니가 38살이더래요. 큰며느리로 들어가서 시동생과 자기 애들을 같이 키웠다고 합디다. 시가 형제가 많고 자기 애들도 많은데 나이래야 겨우 20살밖에 차이가 나지 않는 시어머니가 엄청 모질게 시집을 살렸대요. 요즘 같았으면 벌써 보따리 싸고 말았겠지만 옛날에는 어디 그랬나요. 그래도 세월이 가니 '미운 정도 정'이라고 정이 들더래요. 거기에다 남편은 객지를 떠돌다 보니 바람까지 피웠대요. 살다가 너무 힘이 들어서 한번은 짐을 싸 들고 친정으로 갔었는데 친정어머니가 집에 들이지도 않고 '출가외인(出嫁外人)이다. 죽어도 그 집에 가서 죽고, 귀신이 되어도 그 집안 귀신이 되어라'라고 하면서 쫓아 보내는 바람에 울면서 밤을 새워 시댁으로 도로 가서 이날까지 살았는데 그 할머니의 자식들이 모두 잘되어서 지금은 걱정 없이 잘살아요. 자기가 어질게 살아와서 그런지 복 받은 할머니예요."

이야기는 한참 동안 계속되더니 현 세태로 이어진다.

"요새는 젊은 남자들이 불쌍해요. 낮에 힘들게 일하고 집에 돌아오면 설거지까지 하데요."

"아이고, 그렇게 하지 않으면 밥도 제대로 못 얻어먹어요. 그런데 이상한 것은 우리 아들이 그렇게 하는 것은 보기 싫은데, 사위가 하는 것은 좋아 보이데요."

"나는 안 그래요, 며느리나 딸에게 '집에서 남편의 기를 살려줘야 밖에 나가서 남자가 기가 살고 매사가 잘 풀리지, 집안에서 남편을 기죽이면 절대로 안 된다'고 해요, 딸이고 며느리고 간에 남편에게 잘못하면 야단을 쳐요."

이런저런 이야기들이 줄줄이 이어진다.

각기 다른 환경에서 태어나 성장하고 교육을 받으며 다른 삶을 살아온 남자와 여자가 좋은 인연으로 만나 결혼이라는 의례를 거쳐서 새로운 가정을 이루어 이 세상의 그 누구보다도 아끼고 사랑하며 자식을 낳아 키우고 희로애락(喜怒哀樂)을 함께하면서 좋은 것은 더욱 좋게 부족한 것은 채워가면서 크거나 작은 일에 서로가 의지하고 도우면서 깊은 정을 나누며 살아가는 관계가 부부다.

남들이 부러워할 정도로 사이좋게 잘 지내는 부부일지라도 살다 보면 서로가 자라온 환경이나 성격과 감정이 다르고 그때그때의 생각과 지향하는 점 등이 같지 않기에 때로는 의견 대립이 생기거나 어려운 일에 부닥치기도 하고, 생활 방식이나 사고(思考)의 차이로 사소한 다툼이나 충돌이 일어나 갈등과 원망이 생길 수도 있지만 서로가 이해를 하고 양보하면서 살아가는 것이 부부 사이다. 심지어 잘 지내는 부부는 성격뿐만 아니라 외모까지도 어느 정도 닮았다거나 마치 오누이 같다는 말을 듣기도 한다. 이처럼 부부는 비록 남남으로 만났으나 같은 방향을 바라보고 함께하는 생활을 통하여 행복한 삶을 꾸리려고 노력하는 진정한 동반자인 것이다.

따라서, 한번 맺은 인연을 변치 않고 잘 살아가는 부부를 천생연분이라거나 천상배필(天上配匹)이라 하여 하늘이 맺어준 사이로 여기며 중국에서는 월하노인(月下老人)이 있어서 부부의 연(緣)을 맺어주는데, 만약에 실수라도 하게 되어 잘못 맺어지기라도 하면 살아가는 도중에 파탄이 생기거나 헤어지게 된다고 생각한다고 한다.

부부 사이의 인연을 변하지 않고 살아가는 이야기나 노래들은 일반적으로 남편보다는 아내 쪽의 인고(忍苦)를 그린 것이 많은데, 대표적으로 신라 시대 박제상의 부인이 치술령(鵄述嶺)에서 남편을 기다리다 망부석이 되었다는 것이라든지, 남편이 죽은 뒤에도 재혼을 하지 않고 시댁

식구들을 돌보며 일생을 마친 열녀의 이야기 등이 그러하다. 또한 '단장의 미아리 고개' 같은 노래들은 전쟁이라는 비극 속에서 남편을 기다리는 아내의 심정을 잘 나타내고 있다 할 것이다.

중국에서는 소상반죽(瀟湘斑竹)이라고 하여 눈물 자국 모양의 무늬가 박혀 있는 대나무가 있는데 남편을 따라 죽은 부인의 절개를 상징하는 것으로 순(舜)임금이 창오(蒼梧)에서 죽었을 때 아황(娥皇)과 여영(女英)이 소상강가에서 슬피 울다 눈물이 강가의 대에 뿌려져 물이 들었다고 전한다.

부부가 살아가면서 다투는 것은 큰일이 있거나 생각의 차이가 커서 일어나기보다는 작은 일이나 사소한 오해에서 시작되는 일이 더 많다. 가깝고도 친밀한 사이이기 때문에 소홀히 대하거나 예사로 여김으로써 아주 사소한 일들이 커지기도 하고, 작은 감정들이 응어리를 이루고 쌓여 있다가 극히 작은 뇌관이 불을 튀기면 크게 폭발하는 경우도 있다. 따라서 변함없이 좋은 관계를 유지하며 사랑하는 부부로 살아가기 위하여는 인내와 절제가 필요하고 양보와 배려가 있어야 하며 다른 사람과 비교를 하거나 상대를 비하하는 언행을 함으로써 자존심을 상하게 하거나 마음에 상처를 줄 수 있는 행동은 삼가야 한다.

'아무개 남편은 승진도 잘하고 돈도 잘 벌어 오는데 당신은 뭐 하나', '아무개는 무엇을 했는데 당신은 고작 이 지경인가', '그것도 몰라? 말이 통해야지'라든가 혹은 '처가에서 그러니까 당신이 그렇지', '친정에서는 그렇게 배웠나' 하는 등 친정에 좋지 않은 이야기를 하거나, '이 집 식구들이 어쩌고…' 하는 등 시댁의 허물을 들어 기분을 거스르는 말이나 행동을 해서는 안 되며, 어느 한쪽이 상대방을 지배하려 하거나 소유하려 하지 말아야 한다. 아무리 사소한 일일지라도 속이려 한다거나 의심을 받을 수 있는 행동을 하게 되면 불신의 불씨를 만들 수 있으므로 신뢰를 바탕으로 소통하는 삶을 산다면 다툼이나 어려움 없이 생활을 영위할 수 있을 것이다.

부부는 누구보다도 서로 신뢰와 존경의 대상이어야 한다. 남편이 아내를 무시하고 아내가 남편을 비하(卑下)한다면 자식들마저도 부모를 존경하지 않게 되고, 가정에서 무시를 당하거나 대접을 받지 못하는 사람은 바깥에 나가서도 권위를 잃게 되어 성공한 삶을 살지 못하게 된다. 그러므로 생활의 기본이 되는 가정에서부터 존경이 있어야 하는데 그 바탕이 되는 원동력은 바로 부부간의 사랑과 신뢰다. 부부는 남남끼리 만났으나 남은 인생의 노정(路程)

을 함께하는 영원한 동반자이다. 그러한 동반자가 서로에게 상처를 입히거나 위해를 가한다면 그 길이 편할 수 있겠는가? 결혼을 시작으로 남자는 새로운 동반자를 만나 앞으로의 행복한 삶을 이끌어 나갈 의무가 생기는 것이며, 여자에게 있어서 친정은 태어나서 부모님의 보호를 받으며 자라온 지난날의 둥지로서 중요하지만 시댁은 앞으로 자신이 다듬고 가꾸어갈 생활의 터전인 동시에 소중한 가정(家庭)이다.

부부란 당장에 무슨 일이 벌어지기라도 할 것처럼 다투다가도 아무런 일이 없었던 것처럼 좋아지고, '웬숫덩어리', '꼴도 보기 싫어', '요즘 왜 그렇게 싫은지 모르겠다', 어쩌고저쩌고 수다를 떨어가며 허물을 들추어 흉을 보다가도 들어주는 상대가 친구이거나 비록 부모일지라도 함께 맞장구를 치면서 배우자에게 좋지 않은 말이라도 하면 화를 내기도 하고 여태껏 열을 올리던 흉허물은 언제 그랬냐는 듯이 덮어버리고 변명으로 돌아서서 덮기에 급급해지는 이해하기 어려운 관계이기도 하다.

서로가 상대를 그리며 안 보면 보고 싶고 만나면 온몸이 반응하고 좋아하는 감정이 몸짓이나 음성은 말할 것도 없고 피부로 나타나서 표정마저 바뀌는 흥분의 시기가 상승

곡선을 그리며 치솟아 오르는 것은 잠시일 뿐 현실과 힘겨루기를 하면서 살다 보면 자신도 모르는 사이에 진한 흥분의 감정은 옅어지고 현실적인 생활의 수렁 속으로 내려앉아버리는 것이 평범하게 세상을 살아가는 부부들의 모습이다. 하지만 살아가면서 기쁘고 즐거운 일은 여러 사람의 축하를 받으면서 나눌 수 있어도 어려움에 처하거나 외롭고 쓸쓸할 때, 힘들고 괴로울 때 믿고 의지할 곳은 부부밖에 없다. 따라서 부부간의 행복은 누가 가져다주는 것이 아니라 서로가 노력하면서 만들고 가꾸어가는 것이다.

※ 남녀 모두 부신(副腎, adrenal gland)에서는 상대방의 성호르몬이 조금씩 나온다. 나이가 들면 여성은 '씩씩'해지고 남성은 '섬세'하게 되는 것은 이 때문이다. 즉 남성의 경우 노화와 함께 고환에서 나오는 테스토스테론은 감소하는 반면에 부신의 에스트로겐 분비량은 큰 변화가 없다. 여성도 마찬가지로 폐경이 되면 에스트로겐 분비는 중단되지만 부신의 테스토스테론 분비량은 여전하다. 따라서 고령이 될수록 상대방 쪽 성호르몬의 체내 비중이 높아져 '남성의 여성화, 여성의 남성화'가 진행된다.

제어를 하지 않는 부모,
하지 못하는 부모

아파트의 승강기를 탔다. 승강기 안에는 30대 초반으로 보이는 젊은 아주머니 한 분이 3~4세 정도의 사내아이를 데리고 양손에는 어린이용품과 시장바구니를 들고서 땀을 뻘뻘 흘리면서 힘들어하고 있었다. 그런데 갑자기 엄마와 함께한 아이가 각 층의 버튼을 누르기 시작한다. 조금은 지쳐 보이는 아주머니의 모습이 안쓰러워 돕고 싶은 마음에 대신 버튼을 눌러주려고 "몇 층에 가십니까?" 하고 물어도 아주머니는 아무런 대답이 없다. 어린아이는 키가 미치는 곳의 버튼을 모두 누르고 나서 손이 닿지 않는 높은 곳의 버튼을 누르려고 엄마에게 칭얼대기 시작한다.

아이의 엄마가 너무 피곤해 보여서 "얘야 그러면 안 된다." 하고 주의를 주자 아이가 얼굴을 삐죽삐죽 찡그리더니 "으앙~" 울면서 엄마에게 떼를 쓴다. 그러자 젊은 부인은 아이를 안아서 버튼을 누를 수 있게 들어 올려준다.

아이는 울음을 멈추고 여러 층의 버튼을 다시 눌러댄다. 승강기는 각 층마다 멈춰서 문이 열리고 닫히기를 반복하면서 올라간다. 아이에게 시달리는 아주머니가 안쓰러운 생각이 들어서 "몇 층에 내리십니까?" 하고 다시 물었더니 그 아주머니의 대답이 기가 막힌다.

"아이가 엘리베이터 타는 것을 좋아해서요"란다. 승강기는 층마다 문이 열리고 닫히기를 반복하는데 단지 아이가 좋아하기 때문에 이곳 아파트에 살지도 않으면서 아이에게 승강기를 태워주고 있다는 대답이다. 어이가 없다. 아이가 그릇된 행동을 한다면 타이르고 매를 때려서라도 잘못을 알려주고 못 하게 하는 것이 진정한 자식 사랑이고 인성 교육이 될 것인데….

목욕탕이나 병원, 대중식당 혹은 공공장소 등에서 눈살을 찌푸리게 하는 일들을 자주 보게 된다. 어린 아이들이 이리저리 뛰어다니며 떠들고 이것저것 손을 대거나 망가뜨리기도 하고 추운 겨울에 보온을 위하여 닫아놓은 문을 열어서 찬바람이 마구 들어오게 하는가 하면 온통 사람들의 정신이 혼란스러울 정도로 설쳐대어도 그 부모는 아이를 나무라거나 행동을 제어하지 않고 방치하고 있다. 보다 못한 주위의 사람이 아이를 그렇게 하지 못하게 꾸중이라도 하면 오히려 자기 아이의 기를 죽인다고 꾸중을 한 사람에게 언성을 높이고 언짢아하거나 좋지 않은 반응을 보이고 거친 행동을 하기도 한다.

학교에서 선생님이 학생에게 매를 대었다고 학부모가 학교에 찾아와 선생님에게 폭력을 가했다든가, 학생이 선생님의 꾸중에 반발하여 선생님을 폭행했다는 뉴스를 접하게 되면 어쩌다가 우리 사회가 이러한 지경으로까지 되었는가 하는 생각마저 든다.

사람이 사회생활을 하면서 지켜야 할 가장 기본이 되는 인성(人性)이나 공중도덕과 공공의 질서를 지킬 수 있도록 가르치는 것은 어릴 때부터 가정과 학교에서 이루어져야 하는데도 버릇없는 자식으로, 학생으로, 더 나아가 사회인으로 길들여지고 성장해가는 것 같아 안타깝다.

'세 살 버릇 여든까지 간다', '바늘 도둑이 소 도둑 된다'는 속담이나 '매를 아끼면 자식을 망친다(Spare the rod and spoil the child.)'는 서양 속담 등이 이유도 없이 그냥 생겨난 말이 아니다. 어릴 때 잘못을 바로잡아주지 않으면 그 자식이 자라서 장성할수록 나쁜 버릇을 고칠 수 없게 되어 자신과 가정은 말할 것도 없고 사회에 불행을 불러올 수 있다는 것을 대부분의 사고를 치고 범죄를 저지르는 사람들의 성장 배경이나 환경에서 읽을 수가 있다.

자녀의 인격 형성에 가장 크게 영향을 미칠 수 있는 것은 많은 말이나 물질적인 혜택보다 말없이 보여주고 행하는 부모의 행동이라고 생각한다. 자녀에게 있어 부모는 가장 가깝고도 기본이 되는 본보기이며 교과서다. 부모가 술에 거나하게 취하면 자녀들을 불러 앉히고 교육시킨다고 횡설수설하거나, 늦게 귀가하여 자녀가 부모의 얼굴 보기가 어렵다거나, 자녀가 보고 있는 앞에서 자주 다툰다거나, 모든 것을 돈으로 해결하려고 하거나, 자녀들 앞에서 자기 부모에게 불효하고 불경한 행동을 서슴없이 저지르거나, 친인척이나 이웃과 잘 지내지 못하고 다툼을 자주 일으키는 등의 행동, 성격이 급하고 양보를 모르며 항상 이기려고만 하는 이기적인 행위 등을 하면 자녀들이 부모를 보고 배우면서 자란다. 자녀의 행동은 부모에게 있어서 거울과 같은 것으로 자녀들의 행동을 보면 그 부모의 생활을 어느 정도 가늠할 수 있다.

자녀를 많이 낳아서 키울 때에는 큰아이가 아래 동생들을 챙겨주면서 자연스럽게 위계질서가 생겨나고 양보와 겸손을 배우게 되며 사회생활을 형제자매들끼리의 생활 속에서 익혀나가게 된다. 그러나 자녀를 적게 낳아서 기르다 보니 자연스럽게 과잉보호를 받고 자기밖에 모르는 인간으로 성장하게 되어 아무리 공부를 많이 하고 사회적인 인지도를 가진 사람일지라도 이기적이고 독선적인 사람이 되어 남을 배려하거나 인내할 줄을 몰라서 어려움을 당하고 다른 사람의 지탄을 받는 인간으로 성장하게 되는 경우가 있다.

가정에서 부모의 역할이 자녀의 올바른 인격 형성에 가장 중요한 요소로서 학교에서는 지식을 쌓을 수 있지만 인격과 지혜는 가정에서 이루어지는 것이라 생각한다.

모 재벌 회장이 장성한 아들이 술집에서 다른 사람에게 맞았다고 폭력배를 동원하여 때린 사람에게 린치(lynch)를 가하고, 또 어떤 재벌 2세는 자기의 마음에 들지 않는다는 이유로 다른 사람에게 몽둥이 세례를 퍼붓고는 수표 한 장을 던져주는 부도덕한 일을 저질러 세간의 비난을 받은 적이 있다.

많은 재산을 가진 부모가 자기에게 빨리 재산을 물려주지 않는다고 부모를 살해하거나 내다 버리는 자식 등 우리가 접하는 뉴스들이 정말 그랬을까 하는 의심마저 들게 한다. 그들의 행동에는 분명하게 원인이 있었을 것이다. 어릴 때부터 너무 자식을 귀여워만 하고 버릇없이 키웠거나, 공부만 잘한다고 학교 성적표에 자식을 얽어매어 사람으로서 도리를 지키며 가치 있게 살아가는 교육을 외면하였거나, 아니면 그 부모가 돈만 많으면 모든 것을 이룰 수 있는 것으로 알고 자식에게 사람답게 사는 모습을 보여주지 않았든가 하는 등의 아주 작아 보이지만 작지 않은 동기 부여가 분명하게 있었을 것이다.

하지 말아야 할 것은 하지 못하게 하고 해야 할 것은 반드시 하게 하는 인성 교육이 무엇보다도 우선이 되어야 한다. 인간성을 바로 세우는 교육은 학교가 아니라 가정에서 이루어져야 한다. 외국의 유명한 학교에서 학위를 받고 국내에서 소위 일류라고 하는 명문 대학을 우수한 성적으로 나왔어도 세인의 지탄을 받는 사람들도 있지 않은가.

먼저 인간이 되어야 사람답게 살아갈 수 있다. 행복한 삶은 많은 재산이나 높은 학력과 권세를 가지는 것이 아니라 다른 사람과 더불어 살며 건강하게 즐거운 마음으로 소박하지만 하고 싶은 일을 하면서 보람 있는 삶을 살아가는 것이 아닐까. 자녀들에게 경쟁에서 이기고 재물을 위주로 하는 삶보다는 다른 사람들과 어울려서 행복을 누리고 살면서 부모에 효도하고 어른을 공경하며 사람답게 살아가는 법을 가르치는 것이 참교육이라 생각한다.

生長富貴叢中的,

嗜慾如猛火,

權勢似烈焰,

若不帶些清冷氣味,

基火焰不至焚人,

必將自爍矣.

부귀한 환경에서 성장한 사람은 욕심을 내는 것이 사나운 불길 같고 권세를 좋아함이 매서운 불꽃 같으니 만일 이러한 사람이 청량하고 냉철한 정취를 지니지 않는다면 그 불길이 남을 태우는 데 이르지 않더라도 반드시 스스로를 태워 자멸하게 될 것이다.

<채근담(採根譚)>

成家之兒 惜糞如金,

敗家之兒 用金如糞.

집안을 이룰 아이는 똥을 황금처럼 아끼고,

집안을 망칠 아이는 돈 쓰기를 똥 쓰듯 한다.

<명심보감(明心寶鑑)> 성심편(省心篇)

제사(祭祀)에 대하여

　제사는 국가 단위, 지방 단위, 마을 단위, 문중 단위, 가정 단위, 계절 단위 등 여러 가지 종류와 형태가 있고 그 대상도 다양하지만 일반 가정에서 조상님들이 돌아가신 날을 기리고 애도하는 마음으로 지내는 제사에 대하여 생각해보면, 돌아가신 분의 자녀와 후손 그리고 가까운 친지들이 모여서 돌아가신 날을 기억하고 함께했던 날들을 회상하며 추모하는 자리로 생각하면 좋을 것 같다.

　과거 농경을 위주로 생활을 하던 시대에 토지를 중심으로 일가친척들이 집성촌(集姓村)을 이루고 옹기종기 모여서 한마을 혹은 가까운 이웃에서 살아가던 것과는 다르게 오늘날처럼 직업에 따라 각자의 생활 근거지를 달리함으로써 친지나 가족이 모이기가 쉽지 않은 사회 구조에서 무리를 해서라도 자리를 함께할 동기(動機)를 부여하고 가족으로서의 단합과 두터운 정을 다지는 기회를 만들 수 있는 것이 명절과 제삿날이 아닐까. 명절에도 간단한 의례와 인사가 끝나면 각자의 생활 근거지로 돌아가기 바쁘지만….

돌아가신 조상님을 추모하고 음덕(陰德)을 기리는 의식으로 엄격한 절차와 격식에 따라서 숙연한 마음으로 제사를 모시던 과거와는 달리 생활 방식의 변화는 의식(意識)의 전환을 불러와 부모에 효도하고 조상을 숭배하는 사상이 약해지면서 제사 자체를 간소화하거나 회피하는 가정이 늘어나고 있는 것이 현실이다.

가정의 중심이 남자에서 여자 쪽으로 상당 부분 이동하고 직업에 따라서 생활하는 근거지가 멀어 시간에 쫓기며 바쁘게 살아가는 현대인에게 제사는 스트레스로 다가오는가 하면, 특정 종교의 경우에 제사 자체를 부정하거나 거부함으로써 가족 갈등과 친인척 간의 불화를 빚어 남들보다 못한 관계를 유지하는 가정도 있어 안타까움이 더한다.

뿌리 없는 나무가 없고 근원 없는 샘이 없는데 조상이 없는 자손이 어디에 있으며 부모가 없이 자식이 어떻게 태어날 수 있다는 말인가. 그런데도 조상을 모시는 일을 미신(迷信)이나 우상숭배(偶像崇拜) 등의 차원으로 여기고 거부하거나 부정을 하는 것은 문제가 있다. 따라서 사회적인 분위기에 맞추어 제사 자체의 비용이나 시간과 분위기 등 형식과 절차를 간소화하여 조상을 기리고 돌아가신 날을 기억하는 한편으로 형제간 혹은 친척 간에 만남의 시간을 가짐으로써 화합과 결속을 다지는 기회를 만들 수 있다는 데 의미를 부여하는 것이 제사를 회피하거나 갈등을 일으키고 달갑지 않은 마음으로 모시는 것보다는 훨씬 좋을 것 같다는 생각을 해본다.

동서양을 막론하고 자연 앞에서 인간은 약한 존재일 수밖에 없다. 과학이 발달한 오늘날에도 화산 폭발이나 지진, 태풍과 해일, 홍수 등과 같은 자연의 거대한 힘에는 손을 쓰지 못하고 당할 수밖에 없으며 심리 상태에 따라서 절박한 순간에는 극히 사소한 것에서도 절대적인 무엇인가에 의지하게 되고 마음의 피난처를 갈구하게 되며 그에 따라 각종 심리적 의지 대상과 종교 등이 생겨난다.

기계와 기구, 장비 혹은 무기 같은 도구들이나 지혜와 창의적인 노력 없이 단순하게 신체적인 조건만으로 비교를 한다면 지구상에 존재하는 다른 동물들보다 유리한 조건을 갖추지 못한 약한 존재일 수밖에 없는 것이 인간이다. 다른 동물은 태어나서 몇 분 혹은 며칠만 지나면 스스로의 힘으로 생존이 가능하지만 사람은 그렇지 못하고 오랜 기간을 부모 혹은 보호자의 보살핌이 있어야 살아갈 수 있다.

일반 동물들이 가질 수 없는 지혜와 영혼을 가진 인간은 자연을 이용하고 자신에게 유리하도록 변화시켜 주어진 어려움을 극복(克復)하거나 자연에서 얻어진 자원을 이용하여 새로운 것을 만들어내기도 하지만 거대한 자연이 일으키는 경이로움과 재난에 당하여 경외(敬畏)하고 두려워하게 됨으로써 자연스럽게 특정한 사물이나 자연물에도 영혼을 부여하여 숭배하게 되고 그렇게 주어진 영혼에 의지하고 자신의 부족함을 메우고자 하는 사상이 만들어지게 되었을 것이다. 그러한 정신에서 현재의 자신을 있게 한 조상의 영혼에 의지함으로써 음덕(蔭德)을 누리고자 하는 마음이 생겨나 정성을 크게 들일수록 더 큰 보호와 혜택을 받을 수 있다고 생각하게 되었고, 더 나아가 자신의 사후에도 후손들에게 그러한 정신을 물려주고 싶은 마음이 제사라고 하는 의식으로 나타났을 것이다. 종교의 발원과 전파 과정을 비롯하여 각종 제사 의식이나 미신(迷信) 등도 같은 맥락(脈絡)에서 생겨나게 된 것으로 볼 수 있겠지만.

1960년대 이전까지만 하여도 식량이 부족하여 배불리

먹을 수 있는 사람이 많지 않았으므로 이웃에 제사를 지내는 가정이 있으면 제삿밥을 먹기 위하여 잠을 자지 않고 기다리거나 마을의 사랑방에서 모여 놀던 사람들이 그들의 숫자를 적은 단자(單子)를 적어서 보내면 제사를 지낸 뒤에 음식과 술을 보냈는데, 제사를 모시는 가정이 다소 여유가 있는 경우에는 밥과 반찬을 넉넉하게 마련하여 가까운 이웃들과 나누어 먹었다.

과일은 오늘날처럼 생산량이 많지 않았고 생선은 보관이 쉽지 않아 지역에 따라서는 명절이나 제삿날이 아니면 맛을 보기 어려웠고, 제구(祭具)도 나무 제기(木祭器)는 큰 문제가 되지 않았으나 놋그릇은 메밀대나 볏짚을 태워서 만든 재(灰)와 기왓개미 혹은 활석(滑石) 등을 부드럽게 갈아 볏짚에 묻혀서 녹이나 때를 닦아내야 하였으므로 이들을 손질하는 일은 정성을 넘어서 노력과 시간이 많이 들어가는 고된 작업이기도 하였다.

이웃과 제사 음식을 나누어 먹기 위하여 떡을 비롯하여 밥과 반찬을 넉넉하게 만들어야 했고 제사를 마치고 나면 집집마다 음식을 나르는 작업과 설거지 등의 정리가 끝나야 겨우 잠을 잘 수 있었으므로 제삿날은 거의 밤을 새우다시피 하였으며, 먼 곳에서 온 친척에게는 떡과 음식을 따로 봉개를 싸서 주어야 하고 아침에는 마을의 어른들에게도 음식을 대접해야 하였기에 주부들에게 제사는 힘든 행사일 수밖에 없었다.

더욱이 오늘날처럼 주방 환경과 연료 사정이 좋지 않았으므로 추운 겨울이나 더운 여름과 장마철에는 더욱 힘이 들 수밖에 없었지만 조상을 섬기고 효(孝)를 중시하던 시대였으므로 사람으로서 지켜야 할 당연한 도리로 여기고 기꺼이 행하였으며, 특히 종가(宗家)의 맏며느리는 집안의 크고 작은 일들을 숙명처럼 받아들이고 행할 수밖에 없었다.

조상에 대한 제사를 받들어 모시고 효를 행하는 데에는 정성과 더불어 재물이 필요하며 아울러 자기희생과 절제(節制)가 요구되었으므로 제사의 담당은 장자(長子)에게 의무로 받아들여지고 이를 위하여 장자 상속의 전통이 생겨나고 권리까지 부여되었을 것이다. 그러나 오늘날에는 일부이기는 하지만 조상을 섬기고 제사를 받들어 모시거나 효도를 하는 의무는 행하지 않으려고 하면서 재산에 대한 권리만을 주장함으로써 형제 갈등의 근원이 되기도 하고 법정 다툼을 벌이는 경우까지 생겨나고 있다.

가문(家門)이나 가정마다 제사의 형식과 절차에 다소의 차이가 있기는 하지만 조상을 섬기는 정신만큼은 매우 엄숙하고 정성을 다하였다.

제사에 대한 기억은 할머니께서 콩을 고르는 작업으로 부터 시작된다. 제삿날을 일정 기간 앞두고 상(床) 위에 콩을 펼쳐서 불량한 콩을 골라낸 다음 아래쪽으로 구멍이 뚫린 항아리나 양동이의 바닥면에 볏짚이나 왕골로 동그랗게 짠 방석 등을 깔아 물이 잘 빠지게 받치고 그 위에 물에 불려 싹을 틔운 콩을 얹는다. 아래쪽에는 다소 넓고 큰 항아리 위에 세 갈래로 된 나무로 만든 받침(작수바리)을 놓고 그 위에 콩이 담긴 그릇을 얹어서 안방의 따뜻한 윗목에 두고 마르지 않도록 수시로 물을 주면 콩나물이 자라게 되는데 이것도 정성이 필요하여 물을 자주 주면 콩나물이 잔뿌리는 적어지고 키가 크고 튼튼하게 빨리 자라지만 게으름을 부리면 키가 작으면서 몸통은 가늘고 잔뿌리가 많으며 더디게 자란다.

오늘날처럼 냉장고가 없고 교통이 발달하지 못하였으므로 제사가 가까워오면 미리 생선을 사서 말려놓기도 하고[乾魚], 필요한 생선과 과일은 제삿날과 가까운 장날이나 제삿날 아침 일찍 장을 보아 정성껏 제사상을 마련하였다. 장보기는 20㎞가 넘는 비포장도로를 걸어서 머리에 이거나 지게에 지고서 시장을 보아 와야 하였기에 이른 새벽부터 서둘러야 하였다.

제사장을 보아 올 동안 집에서는 쌀을 찌고 절구질을 하여 떡을 만들고 부침개 등 각종 제물 준비를 비롯하여 제기를 닦고 청소를 하는 일이 주로 이루어지고, 장을 보아오면 본격적으로 음식이 만들어지는데, 제사 음식을 만들고 집안을 구석구석 정리하여 제사를 준비하는 작업은 집안의 며느리들이 총동원이 되어 시할머니나 시어머니의 지휘 아래 이야기도 나누어가면서 일사불란하게 이루어졌다. 그런 속에서 갓 시집온 며느리는 자연스럽게 시댁의 가풍(家風)을 배우고 익힐 수 있었을 것이다.

남자들은 제삿날이 가까워지면 필요한 땔나무를 마련하고 집 주변의 정리를 하여두고 당일에는 장 보는 일을 비롯하여 집으로 들어오는 길목부터 집 주변을 깨끗하게 청소하는 것까지 조상의 영혼을 맞이하기 위한 준비에 정성을 다하였다.

제사에 임하여서는 친척들이 모여서 제사를 모시는데 친척들은 그냥 오는 것이 아니라 제사에 올릴 술이나 쌀 등을 가지고 와서 제사를 맞는 영혼에게 성의와 정성을 표하는 한편 경제적인 부담을 나누었다. 제사를 지내는 시간은 반드시 자정을 기준으로 하여 제사에 임하는 남녀 모두 제복(祭服)을 정성스럽게 갖추어 입고 일체의 농담이나 세상 사는 이야기는 하지 않는 엄숙한 분위기에서 최대한

의 예의를 갖추어 제사를 지냈다.

집의 구조도 초가삼간이라 비좁은 데다가 친척들이 모두 모여 안방에 제사상을 차리고 마루와 마당까지 자리를 깔아서 세대별로 절을 올려야 하였으니 무더운 여름에는 모기가 물면 모깃불을 피우고 견딜 수 있으나 추운 겨울에는 추위에 떨어야 했을 뿐만 아니라 먼 거리에서 온 친척은 며칠씩 묵어가는 경우도 있었으므로 손님으로서 접대를 해야 했고, 세탁기와 세제가 없었던 시대였기에 제사를 모신 후에는 제복(祭服)을 양잿물과 빨랫방망이를 이용하여 마을 앞의 시냇가에서 흐르는 물에 세탁하고 손질하여 보관을 하여야 했으므로 주부(어머니)에게는 제사가 고된 행사일 수밖에 없었으나 조상을 섬기는 일이었으므로 힘들다는 내색을 할 수가 없었다.

시대의 흐름에 따라 개인의 주장이 강해지고 국가와 사회 집단을 위하여 자기희생을 감수하면서 전체를 생각하던 과거와는 달리 자신을 우선으로 하는 인식의 변화가 효(孝) 사상에까지 영향을 미치게 되어 낳아주고 길러주신 부모님의 은혜보다도 자식을 중시하게 되었고, 가장의 역할도 아버지 중심에서 어머니 편으로 이동하고 있으며, 정치 지도자들의 의식도 애국심에 근거한 국가의 번영보다는 자신들의 치부와 권력 유지나 정권 쟁탈에 초점을 맞추어 도덕과 윤리보다는 득표를 위한 실용성에 치중하여 인기 위주의 정책을 설정함으로써 사람으로서 반드시 행하여야 할 도리를 중시하는 정신문화는 퇴보하는 경향이 커져가고 있다.

비록 물질적인 풍요는 가져왔을지 모르나 정신문화의 빈곤으로 치달아 만족을 모르는 사람들의 끊임없는 욕구는 삶을 갈수록 각박하게 만들고 도덕성의 상실마저 초래하고 있으며 일부이긴 하지만 인간의 정신을 순화시키고 행복 지수를 높여가야 할 종교 지도자들마저도 혹세무민(惑世誣民)의 논리를 내세워 재물과 권력을 쫓아 인간의 정신을 타락하게 만드는 경우가 없지 않다.

조상을 숭배하고 효(孝)를 으뜸으로 하여 사람이 살아가는 도리를 일깨우는 정신문화 차원에서 제사를 생각해보는 것은 어떨까. 굳이 종교적인 갈등이나 홍동백서(紅東白西) 두동미서(頭東尾西) 조율이시(棗栗梨柿)와 같은 복잡한 절차를 갖추지 않더라도 시대의 변화에 맞추어 정성껏 가족이 자리를 함께할 수 있는 정도의 음식을 절차나 형식에 구애됨이 없이 차리고, 신위(神位)는 고인의 사진을 놓고, 굳이 작성과 이해가 어려운 한문으로 된 제문(祭文)을 작성하고 읽기보다는 돌아가신 날을 기억하고 자손들이 음덕을 기린다는 뜻을 쉬운 한글 문장으로 작성하여 고인(故人)을 기억하고 일가친척, 형제자매, 가족이 자리를 함께하여 덕담(德談)과 정을 나누는 기회를 가진다는 의미를 부여함으로써 가족 간의 화합을 다지는 계기를 만들 수 있다면 좋지 않을까.

고구마 뺏대기 소감(所感)

아내가 비닐봉지를 들고 들어오더니 아들이 '뺏대기(절간고구마, 切干---) 죽(粥)'을 먹고 싶다고 해서 생각나는 김에 깨끗하게 손질이 되고 맛이 있어 보이는 '고구마 뺏대기'를 할머니 한 분이 팔고 있어서 사가지고 왔다고 한다. 한 조각을 집어서 입에 넣고 씹어보니 딱딱함 뒤에 오는 달콤한 맛이 마치 오랫동안 잊어버리고 살아오다 고향에라도 찾아간 것 같은 기분이 살짝 난다.

먹을거리가 넘쳐나고 종류도 다양하여 어디에서 어떤 음식을 먹으면 맛있게 먹을 수 있을까를 고민하는 오늘날에야 '뺏대기'는 간식거리나 별미 음식 정도로 여겨지고, 어쩌다 TV 등에 소개되는 고구마도 건강 보조 식품(?) 정도로 생각하게 되었지만 먹을거리가 부족하고 가난한 가정에서는 굶주리기를 밥 먹듯이 하였던 1960년대까지만 하여도 밀과 보리를 수확하기 이전인 봄철 춘궁기(春窮

期) 보릿고개를 넘기는 데 커다란 도움이 되었던 중요한 구황작물(救荒作物)이 고구마와 감자였다.

밭에서 캐어낸 고구마는 가마니에 넣어서 따뜻한 방 안에 보관하기도 하였지만 저장량에 한계가 있었으므로 비를 맞지 않으면서도 보온이 잘되는 부엌간의 한쪽이나 따뜻하게 햇볕이 들어오는 양지쪽 마루 아래에 큼직한 구덩이를 파고 볏짚과 멍석 등으로 벽과 바닥을 둘러싸서 고구마와 흙이 직접 닿지 않게 하고 보온과 공기의 유통을 원활하게 하는 동시에 습기가 차지 않도록 하여 썩거나 상하는 것을 방지하고 저장성을 높여서 그 속에 씨알이 좋은 것들을 골라서 넣고 위쪽에는 볏짚이나 낡은 가마니 혹은 멍석 등으로 덮어서 저장하여두면 수시로 꺼내어 먹을 수가 있었다.

삶은 고구마를 바구니에 담아 파리와 같은 해충이 붙지 않도록 보자기로 덮어서 바람이 잘 통하는 곳에 걸어두고서 오며 가며 수시로 먹었는데, 이렇다 할 간식거리가 없었으므로 배고픔의 해결은 말할 것도 없고 한겨울에 머리맡에 두었다가 새벽에 일어나 묵은 김치를 곁들여서 식구들이 힘께 먹는 그 맛은 진정으로 최고였다.

고구마는 감자와 더불어 때로는 끼니를 때우는 주식으

로, 때로는 허기진 배를 채우거나 고된 일을 하고서 막걸리와 함께 새참으로 먹는 간식으로 농촌에서 없어서는 안 되는 중요한 작물이었으나 보관이 잘못되면 썩어서 먹지 못하게 되므로 얇게 썰어 말려서 오랫동안 저장하여두고 먹을 수 있도록 하였는데, 주로 생고구마를 썰어 말려 뺏대기를 만들지만 씨알이 작은 고구마를 삶아서 만든 것(고구마 쫀드기)은 단단하여 잘 부서지지 않기 때문에 입에 넣고 침으로 불린 다음에 먹어야 하는데 달콤하고 쫀득한 맛으로 좋은 간식거리가 되었다. 요즘으로 치자면 정말 무공해 자연 간식이라고나 할까.

　가을철 고구마 수확이 끝나면 '고구마 뺏대기' 만드는 일이 시작되는데 쌀과 보리 같은 주요 곡물이 부족하여 한 톨의 곡식이라도 아끼고 절약하던 시대여서 주정용(酒精用)으로 뺏대기를 수매하였으므로 농가의 주요 소득원이 되었다.

　고구마 뺏대기를 만들 때는 우선 고구마에 묻어 있는 흙과 오물을 깨끗하게 씻어낸 다음 칼로써 일일이 썰어야 하였으므로 매우 고된 작업이었다. 다행스럽게도 고구마를 써는 기계가 보급되어 일손을 덜게 되었지만 요즈음의 눈으로 보면 그렇게 값이 비싼 것도 아닌 간단한 도구였는데도 마을 단위로 구매를 하거나 여러 가구가 공동으로 구매하여 사용하였다.

썰린 고구마는 지붕 위와 마당, 마을의 빈터에 멍석 등을 깔고 그 위에 펴서 말리기도 하였지만 양이 많고 기간이 오래 걸렸으므로 주로 산비탈의 잔디나 널찍하고 평평한 바위 등을 이용하였는데, 이 시기에는 마을의 지붕마다 썰어서 말리는 고구마로 장식을 하고 가까운 산비탈의 넓고 평평한 언덕이나 바위들이 뺏대기 건조장이 되었으므로 고구마를 말리는 바위를 '뺏대기 ※비릉'이라 부르기도 하였다.

당시만 하여도 전력이 부족한 것은 말할 것도 없고 건조기의 보급은 상상할 수 없었으므로 인위적으로 건조를 하는 것은 생각하지도 못하였을 뿐만 아니라 경제성 면에서도 자연 건조에 의존할 수밖에 없는 실정이었다. 다행히 날씨가 좋고 바람이 적당하게 불어 건조가 잘되면 뺏대기의 질이 좋아 빛깔이 하얗게 곱고 맛이 있어서 수매에서도 높은 가격을 받을 수가 있었으나 비가 자주 내리고 날씨가 좋지 않으면 전분이 많은 고구마의 특성상 썩어버리거나 곰팡이가 생기고 맛과 빛깔이 좋지 않아 수매에서 좋은 가격을 받을 수 없을 뿐만 아니라 사람과 가축이 먹을 수도 없기 때문에 폐기하여버리는 경우도 있었다. 따라서 라디오에서 전해주는 일기 예보가 많은 참고가 되었으며 날씨가 흐려지면 말리는 뺏대기를 걷어야 하고 날씨가 좋아지면 다시 널어야 하기 때문에 맑은 날씨는 농민들에게는 커다란 도움이 되었을 뿐만 아니라 제품의 품질에도 크게 영향을 미치는 중요한 요소였다.

고구마 뺏대기는 생으로도 먹었는데, 단단하여 아이들이 먹다가 체하여 배앓이를 하는 일이 자주 발생하기도 하였지만 어쨌든 당시에는 아주 훌륭한 식품인 동시에 간식거리였다. 사내아이들이 입는 동복(冬服)은 따뜻하게 하기 위하여 안쪽에 내피가 덧대어져 있었으므로 윗옷의 호주머니에 실밥을 트게 되면 옷 전체가 커다란 자루 역할을 할 수 있어서 많은 양의 뺏대기를 넣고 다니면서 친구들과 나누어 먹기도 하였다.

고구마 뺏대기를 절구통에 넣어 찧고 맷돌에 갈아 가루를 만들어 떡을 쪄서 먹거나 봄철에 쑥을 캐서 쑥버무리를 만들어 먹기도 하고, 수분을 적게 하여 뻑뻑하게 쑨 '뺏대기 죽'은 거리에서 파는 국화빵이나 붕어빵 속에 '팥소'의 대용으로 사용되기도 하는 등 다양한 요리에 이용이 되기도 하였는데 주로 죽을 쑤어 먹었다.

국가 경제가 나아지고 국민 소득이 증가함에 따라 먹거

리에 변화가 일어나고 농가에도 다양한 소득원이 생겨나면서 '뺏대기'는 추억의 식품으로 사라져가고 있지만 '고구마 뺏대기'와 함께 팥이나 조[粟, Italian millet], 수수 등과 같은 여러 가지 잡곡을 넣고 커다란 가마솥에 장작불로 오랜 시간 동안 주걱으로 저어가며 걸쭉하게 고아서 뺏대기를 부드럽게 풀어 밀가루 반죽을 듬성듬성 뜯어 넣고 사카린(saccharin)이나 신화당, 설탕, 소다 같은 감미료를 적당량 넣어 '뺏대기 죽'을 맛나게 끓여주시던 어머니의 손맛을 지금도 잊을 수가 없다.

※ 비릉 : 바위라는 뜻의 경상도 지방 사투리

고구마 뺏대기(=절간고구마, 切干---)

생고구마나 삶은 고구마를 얇게 썰어 볕에 말려서 만든다. 말리는 과정에서 고구마의 수분이 증발하면 얇게 썰어 놓은 고구마가 비틀어지는데 이 모습을 경상도 지역에서 '빼떼기'라고 부른 것에서 이름이 유래했다고 하며 바짝 마른 상태가 마치 동물의 뼈다귀처럼 단단한 강도를 갖는 데서 유래하여 뼈다귀의 제주도 방언인 '빼다기'에서 '빼대기'로 변형된 말이라고도 한다.

과거 경상도와 제주도에서 어린이들이 간식으로 즐겨 먹었다고 전해진다. 양식이 부족한 겨울에는 이것을 넣어 죽으로 끓여 먹기도 했는데 이 죽을 '빼떼기 죽'이라 불렀다. 최근 웰빙 식품이 인기를 끌면서 다시 주목받고 있다. 영양이 풍부하고 만드는 방법도 간단하여 가정에서 쉽게 만들어 먹을 수 있다.

- 네이버 지식백과

벌초를 하면서

　그동안은 직장 생활을 이유로 조상의 묘소를 돌보는 일에 소홀했으나 퇴직을 하고 시간적인 여유가 있어 오랜만에 형제 친지들과 함께 먼 윗대 조상의 묘소를 벌초(伐草)하는 일에 참여를 하였다.

　벌초란 묘에 자란 잡풀들을 베어내는 작업으로 금초(禁草), 사초(莎草)라고 하기도 하는데 뜻에 조금은 차이가 있는 것 같다. 금초는 '금화벌초(禁火伐草)'의 줄인 말로서 시기를 맞추어 풀을 베어줌으로써 잔디를 잘 가꾸고 무덤이 불에 타는 것을 방지한다는 뜻으로, 불이 나면 조상님에 대한 불경(不敬)임과 동시에 후손에게도 좋지 않은 영향을 끼치게 된다고 생각하였다.

　'벌초'는 조상의 무덤에 잡풀이 무성한 것 자체를 불효로 인식하여 풀을 깎아 깨끗이 한다는 의미가 있고, '사초(莎草)'는 봉분(封墳)의 무너진 부분을 보수하여 높이거나 잔디를 새로 입혀서 잘 다듬는 일을 말하는 것으로, 예전에는 묘소에 난 풀은 그냥 풀이 아니라 조상의 모발이라 여기고 조상의 모발에 낫을 대는 것은 큰 불효라고 생각하여 낫이나 도구로 베지 않고 손으로 직접 뽑아내기도 하였다고 한다.

오늘날에는 예초기를 이용하여 풀을 베거나, 후손들이 직접 벌초를 하지 않고 대행업체를 이용하기도 하며, 심지어 묘소 자체를 콘크리트로 포장하여 세간의 이목을 끌기도 하고, 묘지 자체를 가족 단위로 모아서 표지석만 세워서 관리가 편리하게 하거나, 화장(火葬)을 하여 수목장(樹木葬)을 하거나 물과 산야에 뿌려버리기도 하는 등 여러 가지 형태로 간소해짐으로써 살아 있는 사람 위주의 장묘문화로 바뀌어 세태의 변화를 말해주고 있다.

예초기(刈草機)로 풀을 베는 것도 쉽지 않은 작업이다. 도로에서 가까운 곳에 있는 산소는 그나마 나은 편이지만 마을이나 도로에서 다소 멀리 있거나 산속에 있는 묘소는 우거진 잡초와 덤불을 헤치고 찾아가는 일 자체가 힘이 든다.

나무와 풀을 베어서 말리거나 나뭇잎을 긁어모아 땔감으로 사용하고, 산야초(山野草)를 채취하여 초식가축(草食家畜)의 사료로 이용하기도 하고 퇴비를 만들어 농사를 꾸려가던 시절에는 벌거숭이산이 되다시피 하였으므로 낮으로 벌초를 하여도 별다른 어려움이 없었으나 석유와 가스, 전기 그리고 석탄 등의 에너지가 공급되고 정부의 산림녹화시책이 강력하게 추진되어 푸르러진 산림은 산을 더욱 비옥하게 만들고 수목(樹木)이 자라기에 좋은 환경을 만들어 사람의 발길이 잦지 않은 곳은 길조차 찾기 힘들어졌다.

해마다 반복하는 벌초임에도 불구하고 사람의 키를 넘게 자라서 묘소의 위치마저 찾기 힘들 정도로 무성한 풀들이 발길을 더디게 하기도 하지만 더운 날씨 탓에 땀방울이 연신 온몸을 적시는데도 불구하고 묘소를 손질하고 조상의 음덕(蔭德)을 기리는 정성들이 대단하다.

산골짜기 이곳저곳에서 벌초를 하는 기계 소리가 들려오고 산 아래쪽에는 벌초객들이 타고 온 차량이 길을 메우는 것을 보면 아무리 사회가 각박하게 변해가고 좋지 않은 일들이 매스컴을 장식해도 조상을 섬기는 미풍양속만은 오랜 전통으로 유지되면서 사람이 사람답게 살아가야 한다는 효(孝)의 정신을 뿌리내리고 사회를 지탱해나가는 원천이 되는가 보다.

기계로 풀을 베는 것도 아무나 할 수 있는 일이 아니어서 요령이 필요한 일이므로 숙달된 인력인 집안의 동생과

조카들이 풀을 베어 넘기는데 갈구리로 베어진 풀을 걷어
내는 일을 돕는 작업도 결코 쉬운 일은 아니다. 풀과 나무
가 자라면서 아래쪽에 처진 잎새와 전년에 베어낸 풀들이
썩어서 퇴비 수준으로 쌓여 있고 베어진 풀의 양도 많아서
치우는 일이 힘겹기는 하지만 벌초를 마치고 깨끗하게 정
리된 묘소를 보고 있으니 마음까지 시원해지는 느낌이다.

풀을 베어내고 뒤처리를 마친 후 깨끗하게 정리된 묘
소와 그 앞에 놓인 표석(表石)을 보고 있으니 고인(故人)
과 배우자의 이름을 새겨놓아 몇 세대 조상의 묘소인지
알아볼 수 있는 한편으로는 선조들이 여자가 성장하여
출가를 하면 '출가외인(出嫁外人)'으로 여긴 이유를 느
낄 수 있다.

가문이나 집안의 형편에 따라 화려하게 묘소를 꾸미고
비석을 세워 고인의 생애관직과 업적을 새겨놓기도 하지
만, 일반적으로 지역이나 후손들의 형편에 따라 다소의 차
이는 있겠으나 가로로 혹은 세로로 생애에 관직에 나아가
지 않은 사람은 학생(學生) 혹은 처사(處士), 관직에 나갔
던 사람은 관직명을 붙이고 ○○○(본관)씨 ○○(이름)지
묘(之墓)라 새기고 배(配) 유인(孺人) ○○씨, 부부가 같
은 장소에 나란히 묻힌 경우에는 쌍분(雙墳)으로, 따로 묻
혔으면 별도의 표시를 하고 누운 방향을 ○○좌로 표기하

고 사망일 등을 새겨서 묘지 앞에 두고 있다.

　여자는 성장하여 혼인을 하게 되면 자신을 낳아서 길러 준 부모의 슬하를 떠나서 친가(親家)보다는 시가(媤家)쪽에서 새로운 삶을 꾸리고 자식을 낳아서 기르는 한편 집안을 일으키고 보살피며 일생을 살아가게 되었으므로 그 대(代)를 이어받은 후손들이 조상으로 모시고 묘소를 손질하고 돌보는 일이 필연적일 수밖에 없다. 따라서 세월이 흐르고 세대(世代)가 이어질수록 태어나서 어린 시기를 살아온 친정과는 자연스럽게 관계가 멀어지거나 잊혀가는 사이가 되고 만다.

　물질적으로 풍요를 누리게 되면서 사회적인 환경이 여성의 권리나 위상이 과거보다는 나은 방향으로 발전을 하게 되고 그에 따라서 여성의 목소리나 주장이 커지게 되면서 활동 영역이 확대되는 것은 대단히 바람직한 일이다. 반면에 인내와 자제력이 약화되어가는 한편 개인의 주장이나 권리가 강조되면서 극히 일부이기는 하지만 혼인으로 맺어진 부부의 인연을 경시하는 경향도 강해지고 있는 것 같아 아쉬운 생각도 없지 않다.

　아무리 사회가 변하고 개인의 주장이나 권리가 강화된다고 히여도 남자와 여자가 만나서 부부라는 인연을 맺고 살다가도 쉽게 헤어지는 풍조는 좋은 일은 아니라고 본다.

헤어지는 관계에는 많은 이유와 사연들이 있겠지만 한번
인연을 맺었으면 서로가 아끼고 사랑하면서 존경과 신뢰
를 바탕으로 평생을 함께하는 것이 당연하며, 부정을 저지
르거나 상대를 무시하고 경시하는 행동을 하여서는 안 될
것이라는 생각을 해보았다.

※ 불경 <옥야경>에 "태어난 집을 영원히 떠나 남편의 집을 내 집이라 여기고, 남편과의 두 몸을 한 마음으로 하며, 남편의 부모 섬기기를 나를 낳아준 부모 섬기듯 하라. 공경하고 조신하며 교만한 마음이 없이 집안일을 잘 돌보며 손님을 잘 접대하면 가정이 풍성하고 가문의 명성이 널리 퍼지리니 이를 일러 부녀자 된 도리라 한다."라고 하여 아내가 남편의 집에 시집을 와서 부녀자의 도리를 다하는 것을 귀가(歸家)라고 하고 낳아준 부모의 집은 잠시 스쳐 가는 거짓된 집이며 남편의 집에 들어와서야 비로소 진정한 집에 돌아온 것으로 보았다.

<성운대사의 관세음보살 이야기>, 도서출판 운주사,
P 311

절제의 미덕

　고대 중국 진(秦)나라의 통일 대업을 이끌어낸 이사(李斯)는 승상의 자리에까지 오르며 무소불위의 권력을 휘둘렀다. 그러던 그가 어느 날 자신의 처지를 돌아보며 탄식했다고 한다. "나는 본래 상채(上蔡)라는 곳의 평범한 백성이었거늘 황제께서 나의 불민함을 모르시고 발탁하셔서 이 자리에 이르렀다. 이제 신하들 가운데 나보다 높은 자가 없으니 내 부귀가 극(極)에 달했다고 할 수 있다. 일이 극에 다다르면 쇠(衰)하는 법, 이제 나는 어디에서 멍에를 벗어야 한다는 말인가[吾未知所脫駕也]."

　탈가(脫駕), 즉 '멍에를 벗다'라는 말은 '수레에서 내린다'는 뜻으로 '높은 자리에 있을 때 처신을 조심하라'는 의미를 가진 고사이다.

　이사(李斯)는 초(楚)나라 상채(上蔡: 河南省 上蔡縣) 출신으로 순자(荀子)에게 배운 법가류(法家流)의 정치가로

진(秦)나라 승상(丞相) 여불위(呂不韋)에게 발탁되어 객경(客卿)이 되었다. 정국거(鄭國渠)라는 운하를 완성하는 데 노력하였으며 시황제(始皇帝)가 중국을 통일한 후에는 봉건제에 반대하고 군현제(郡縣制)를 진언하여 정위(廷尉)에서 승상(丞相)으로 진급하였고 분서갱유(焚書坑儒)를 단행시킨 통일 진나라의 실력자였다.

이사(李斯)는 시황제가 죽은 후 환관 조고(趙高)와 공모하여 시황제의 막내아들 호해(胡亥)를 2세 황제로 옹립하고 시황제의 장자 부소(扶蘇)와 장군 몽염(蒙恬)을 제거하였는데, 황제가 병사한 뒤 권력 다툼 과정에서 조고(趙高)의 모략에 걸려들어 함양(咸陽)의 시장터에서 허리를 베어 죽이는 요참형(腰斬刑)을 당했다.

둘째 아들과 함께 형장으로 끌려가면서 "너와 함께 다시 누런 개를 끌고 상채 동문 밖으로 나가 토끼를 쫓고 싶지만 이미 틀렸구나[牽犬東門 豈可得乎]."하면서 통곡했다. 돌이킬 수 없는 삶에 대한 회한과 부질없이 권력만을 쫓아 앞만 보고 달려온 무상한 인생 역정에 대한 자성(自省)의 울부짖음이었다. 후세 사람들은 권력욕과 명예욕에 눈이 멀어 불운을 자초한 그의 죽음에 대하여 '동문견(東門犬)'이라 불렀다고 전한다.

한편, 진(晉)나라의 육기(陸機)는 하교(河橋)의 전투에서 패하여 사람들의 모함을 받아 죽임을 당했다. 그의 할아버지는 관우를 사로잡아 처형한 오나라의 명장 육손(陸遜)이었다. 그는 사형이 집행될 때 고향을 생각하며 이제 다시는 학의 울음소리를 들을 수 없게 되었음을 한탄했다. 그의 고향 화정(華亭)은 오늘날 상해(上海) 송강현(松江縣)의 옛 이름으로 훗날 사람들은 옛날 일을 그리워하거나 벼슬길에 나아갔어도 큰 뜻이 좌절되어 후회하는 심정을 나타낼 때 '화정학려(華亭鶴唳)'라고 하여 육기의 고사를 인용하곤 했다.

이와는 대조적인 삶을 살았던 사람으로 진(晉)나라 때의 장한(張翰)을 꼽는다. 그는 성격이 자유분방하여 누구와도 잘 어울렸고 특히 글을 잘 지었기 때문에 사람들은 그를 '강동(江東)의 보병(步兵)'이라고 불렀다. 강동의 보병이란 삼국 시대 위(魏)나라의 사상가이자 시인이며 죽림칠현(竹林七賢) 중의 한 사람으로 보병교위(步兵校尉) 벼슬을 지낸 완적(阮籍, 210~263)을 가리킨다. 그는 낙(洛) 땅에 들어가 제왕(齊王) 밑에서 대사마동조연(大司馬東曹掾)이라는 벼슬을 하고 있었는데 무더운 늦여름 어느 날 아침에 가을바람이 불어오는 것을 보고 불현듯 고향인 오군(吳郡) 땅의 농어회와 순챗국을 떠올리며 크게 느낀 바가 있어 벼슬을 내던지고 수레를 돌려 고향으로 돌아갔다고 한다.

당나라 이백(李白)은 세 사람의 고사를 한데 묶어 <행로난(行路難)> 3수(首)의 제3시에 담아 다음과 같이 노래했다.

陸機雄才豈自保　육기의 재주로도 스스로
　　　　　　　　한 목숨 보전치 못하였고
李斯稅駕苦不早　이사 또한 살아서 물러나지 못했네.
華亭鶴唳詎可聞　육기가 화정의 학 울음 다시 듣지 못하는데
上蔡蒼鷹何足道　이사가 어찌 상채의 매 사냥을 말하겠는가.
君不見　　　　　그대, 아는가 모르는가?
吳中張翰稱達生　오나라 장한이 잘 사는 삶을 이야기하며
秋風忽憶江東行　가을바람에 훌훌 털고 고향으로 돌아간 일을.
且樂生前一杯酒　차라리 살아생전에 한잔 술 즐길 일이지
何須身後千載名　죽은 후에 이름 남겨 천 년을 빛난들
　　　　　　　　무슨 소용 있으리.

수시로 매스컴의 메뉴로 오르내리는 권력을 가졌거나, 가지고 있었던 자들의 추한 모습을 보면서 앞서간 사람들의 발자취를 보지 못하였거나 그 자신이 행동과 처신에 절

제를 하지 못한 어리석은 행위가 불쌍하기조차 하다. 권력을 놓치는 것이 싫어서 자기가 좋아서 낳은 자식을 부정하고 결과적으로 그 낳아준 어미마저 부정한 여자로 치부하게 하는 구차한 변명으로 일관하다가 권력에서 물러나야 했고, 젊어서는 능력 있는 법관으로 법무 수장에다 집권당 대표를 거쳐서 입법 기관의 장까지 지낸 그야말로 일인지하 만인지상(一人之下 萬人之上)의 위치를 누려온 사람이 노령에 젊은 여자에게 몹쓸 행동을 하다가 법의 심판대에 오르는 수모를 자초하는 추태를 보이는가 하면, 잘못된 행위를 하는 사람을 잡아서 법의 심판대에 올려야 하는 법관이 길거리에서 이상한 행위를 하여 세인의 지탄을 받기도 하고, 최고의 지성이라 할 수 있는 대학의 교수가 그의 제자를 대상으로 해서는 안 될 행동을 함으로써 자신이 쌓아온 명예는 말할 것도 없고 가정에서는 가장으로서의 도리마저 허물어뜨리는 안타까운 일들을 보면서 지나치게 출세와 물질만능으로 흘러가는 교육과 사회적 책임을 일탈하는 의식이 문제라는 생각이 든다. 더불어 고대 중국의 홍자성이라는 사람이 지은 것으로 알려진 <채근담(菜根譚)>의 첫 구절에 나오는 '사물의 이치에 통달한 사람은 세속을 초월한 진리를 살피고 죽은 후 자신의 평판을 생각하니, 차라리 한때 쓸쓸하고 외로울지언정 영원히 불쌍하고 처량하게 될 일을 하지 말아야 한다[達人觀物外之物 思身後之身 寧受一時之寂寞 毋取萬古之凄涼]'는 내용을 읽고 절제의 정신을 가다듬었더라면 하는 아쉬움과 함께 이들과는 대비되는 삶을 살았던 선인들의 삶을 되짚어보지 않을 수 없다.

조선 중기(1478. 성종 9 ~ 1543, 중종 38)의 문신이자 학자인 모재(慕齋) 김안국(金安國). 조광조(趙光祖) 등과 함께 지치주의(至治主義)에 입각한 도학정치(道學政治)의 실현에 힘을 쓰다가 기묘사화로 많은 선비들이 죽임을 당하였으나 가까스로 죽음을 면하고 후진 양성에 힘써 제자들의 중종반정 이후 개혁 정치를 이끌었던 그가 살아날 수 있었던 일화로 젊은 시절 그의 글 읽는 소리에 반한 이웃집 처녀가 찾아와 사랑 고백을 하자 회초리로 종아리를 때려서 규수로서의 도리를 일깨워 보냈는데, 기묘사화로 많은 사람들이 희생을 당할 때에 조사를 담당했던 관리의 어머니가 그 아들을 불러서 김안국과 자신의 과거사를 들며 적극적인 구명 운동을 하여 살아날 수 있었다고 전한다. 만약에 오늘날 세인들의 입에 오르내리는 사람들처럼 무절제한 처신을 하였더라면 김안국도 사화(士禍)의 칼날을 벗어나지 못하였을 뿐만 아니라 정사에 이름을 남기지도 못하였을 것이다.

조선 중기의 정치가 박수량(朴守良, 1491~1554년). 전남 장성(長城) 출신으로 수많은 요직을 거처서 지중추부사(知中樞府使)로 있다가 죽은 후 왕명에 의해 찬성(贊成: 종1품)으로 증직되었다. 주세붕 등과 깊이 교유하여 유림(儒林) 간에 학자로 존경을 받았으며 신중·치밀하고 효성이 지극하고 청렴하여 청백리에 녹선(錄選)되었고 40여 년간의 관직 생활을 하면서도 집 한 칸을 마련하지 못할 정도로 청렴하여 청백리(淸白吏)에 뽑혔다. 64세에 세상을 뜨면서 "묘도 크게 쓰지 말고 비석도 세우지 말라"는 유언을 하니, 명종이 형편이 어려워 운구할 형편이 되지 않는다는 말을 듣고 관인들로 호송케 하고 장사 비용을 지급하라고 명하는 한편 "그의 청백을 알면서 빗돌에다 새삼스럽게 그의 청백했던 생활을 쓴다는 것은 오히려 그의 청렴을 잘못 아는 결과가 될지 모르니 비문 없이 그대로 세우라"고 하여 백비를 세워 청백리로서 그 이름을 후세에 전하고 있다.

선조들이 인내와 절제의 삶을 살면서 후손들이 행복한 삶을 누릴 수 있는 기반을 만들었기에 현재의 우리가 있다는 것을 알아야 하며, 현실을 살고 있는 우리의 위치에서 공직자는 멸사봉공의 정신으로 절제하고 인내하면서 나라와 백성을 위한 삶을 살고, 사업가는 사업가로서, 학자는 학자로서, 종교인은 종교인으로서 모든 사람들이 저마다 자신의 자리에서 올바른 생각과 행동을 하고 사람으로서 지켜야 할 도리를 다하면서 사회적 질서를 지키고 본분을 행할 때 그 사회는 행복하며 나라가 안정되게 번영하고 자손들에게도 부강하고 복된 삶을 물려줄 수 있다는 것을 알아야 한다.

어느 짝사랑의 이야기

　사노라면 많은 사람들을 만나고 그들과 어울리고 부대끼며 가깝게 지내다 보면 일상에서 일어나는 사소한 일들을 비롯하여 여러 가지 이야기를 나누게 되고, 그렇게 오고 가는 대화들 가운데에는 이루지 못한 첫사랑의 기억들도 자연스럽게 화젯거리로 오르내리기도 한다.

　나름대로의 성공한 삶을 살고 계시는 어느 연세가 지긋하신 사장님과 자리를 함께하는 기회가 있어 가볍게 식사하고 술자리도 간혹 가지게 되었는데, 약주로 흥이 오르면 지나간 날의 추억을 떠올리며 몇 번이고 반복해서 하는 이야기가 젊었던 시절 이루지 못한 아련한 짝사랑의 기억이었다. 이루지 못했기 때문에 더욱 아름답게 남을 수 있었던 어느 노신사의 짝사랑에 관한 추억을 가상의 이름으로 구성하여 보았다.

민우가 아침부터 부지런을 떨어가면서 신발을 이것저것 들쳐 내어 입으로 호호 불어가며 반질반질 윤이 나게 닦아서 신어보기도 하고, 희끗희끗 반백으로 변한 머리카락에 신경을 쓰면서, 바꾸어가며 입었다 벗었다 하는 옷매무새는 말할 것도 없고 넥타이도 여러 개를 꺼내어 매었다 풀고 다시 매고는 거울 앞에서 비춰보기도 하면서 콧노래를 흥얼거리며 얼굴에는 즐거운 웃음이 떠나지 않는다.

오늘따라 평상시와는 달리 왔다 갔다 하면서 들뜬 모습으로 설쳐대는 민우의 모습을 의아하게 여기며 보고 있던 아내가 한마디 던진다.

"당신 오늘 무슨 좋은 일이라도 있어요?"

"응?, 아, 아니, 별일 없는데 왜?"

"그런데 왜 그렇게 다른 날 같지 않게 안절부절못해요?"

"어, 오늘 중요한 사람과 약속이 있어."

"일요일인데 어떤 사람을 만나려 간다고 그래요? 웬만하면 집에서 쉬지 않고."

"사무실에서 일 때문에 중요한 사람과 만나는 약속이 있어서 그래."

"그 회사는 휴일도 없이 일해요? 나이도 있는데 당신 건강도 생각해야지요."

의아한 눈으로 쳐다보는 아내의 시선을 뒤로한 채 만나기로 약속한 사람이 사업 관계가 아닌 젊은 날 그가 좋아했었던 여자라는 사실에 조금은 미안한 마음으로 집을 나섰다.

민우가 그녀의 전화를 받은 것은 일주일쯤 전으로 생각조차 하지 못했던 뜻밖의 일이었다. 그녀의 목소리를 떠올리며 바다를 가로질러 시원하게 뚫린 경인로를 기분 좋게 달리는 그의 머릿속은 40여 년 전 학창시절로 되돌아가고 있었다.

운동을 좋아했던 민우가 그녀를 처음으로 만난 것은 대학교 2학년 첫 학기가 시작되고 얼마 되지 않아서였다. 고등학교 동창이자 대학 친구인 성재와 테니스 코트에서 기분 좋게 공을 치고 벤치에 앉아서 시원하게 음료수를 마시면서 흐르는 땀을 식히고 있었다.

그때 첫눈에 번쩍 여신처럼 그의 시야에 들어오는 여학생이 있었다. 몇 권의 책을 가슴 어림께로 안고서 첫눈에도 신입생으로 보이는 여학생 셋이 그들이 앉아서 쉬고 있는 벤치로 발걸음도 가볍게 다가오고 있었다.

셋 중에 가운데에서 걸어오는 여학생. 다소 아담하게 느껴지는 체구와 바람결에 찰랑거리는 생머리를 어깨 아래로 흘려 내리며, 약간은 둥글게 느껴지는 갸름한 얼굴에 몇 가닥의 머리카락으로 살짝 가려진 시원한 이마 아래 동그란 눈과 구름 한 점 없는 가을 하늘처럼 맑고 시원한 눈매, 이지적이고 오뚝한 코, 조금은 작게 보이는 입과 도톰한 입술 사이로 웃으면 살짝살짝 보이는 가지런한 치열과 하얀 치아, 도도해 보이는 턱 아래로 흘러내린 목선과 동그란 어깨, 볼록한 가슴과 잘록한 허리, 앙증맞게 보이는 엉덩이 아래로 곧고 쭉 뻗은 다리 선을 가리고 무릎이 보일 듯 말 듯 살랑살랑 날리는 스커트 자락, 마치 코트 바닥에 통통 튀는 소프트볼처럼 날렵한 걸음걸이로 다가오는 그녀를 본 순간 민우는 잠시 심장이 멈추기라도 한 듯이 숨을 쉴 수가 없고 목이 말라오는 것을 느끼며 황홀한 시선으로 바라보고 있었다.

"성재 오빠, 나 오늘 친구들이랑 맛있는 것 사줄 거지?"

"어, 그래 수정이 왔구나. 그래 사줄게. 뭐 먹을래? 참 여긴 내 친구 민우야. 우선 인사부터 해라. 좋은 녀석이야."

"안녕하세요? 성재 오빠 친구세요?"

"아, 네… 저, 미, 민우라고 합니다."

"야, 민우. 자식 너답지 않게 갑자기 말을 더듬고 그래?

214

수정이가 예뻐서 그래?"

"내가 뭘…. 자식, 민망하게 왜 그래?"

"야, 수정아. 너, 민우 이 자식 조심해. 여학생들에게 인기가 많은 녀석이야."

이렇게 시작된 첫 만남에서 무슨 말을 어떻게 하였는지 전혀 생각이 나지 않았다. 성재와 세 명의 여학생들과 한참을 이야기하며 테니스를 즐기고 함께 식사를 하면서 어울렸으면서도 그저 수정이라는 여학생에게 정신이 팔려 어떻게 시간을 보냈는지 정신이 없고, 그의 머릿속에 남아 있는 기억은 공을 치면서 마치 한 마리 앙증맞은 작은 새처럼 코트를 누비는 그녀의 예쁜 모습뿐으로 정작 그녀에게는 말 한마디를 제대로 붙여보지도 못한 채 더듬거리고 허둥대다 시간을 보낸 것이 전부였다.

그녀와의 첫 만남은 그렇게 이루어졌고, 이후에도 만날 때마다 친구인 성재와 좋은 사이라는 이유 외에도 왜인지는 모르지만 혼자서 속만 태웠을 뿐 막상 만나면 제대로 말 한마디 제대로 붙여보지 못한 채로 좋아한다는 마음을 전해보지도 못하고 지냈다.

훤칠한 키에 호감이 가는 외모와 외형적인 성격의 민우는 사업을 하는 아버지 덕택으로 넉넉한 집안에서 김포에서 일류에 속하는 고등학교를 졸업하고 남들이 부러워하는 대학에 진학하여 친구도 많고 만나는 여학생들도 많이 있었지만 이상하게도 수정이 앞에만 서면 소심해지고 작아지는 자신을 느끼면서 많은 남학생들에게 둘러싸여 다니는 그녀에게 좋아한다는 말도 못 해보고 2학년을 마치자 군에 입대를 하였고, 3년간의 군복무를 마치고서 다시 복학을 하였을 때에 그녀는 졸업을 하고 학교를 떠난 뒤였다.

민우가 졸업을 하고 직장을 잡아 사회생활을 시작했을 무렵에 그녀가 부잣집 아들이었던 성재와 결혼을 하였다는 소식을 전해 들었고, 어릴 때부터 부유하게 자란 성재는 물려받은 유산으로 여러 가지 사업에 손을 대었으나 마음대로 잘 되지 않아 곤란을 겪고 있다는 소식만 간혹 주변의 친구들을 통하여 들었을 뿐 세월의 흐름에 따라 민우에게서 그들 부부에 대한 기억은 멀어져 갔다.

그 후에도 친구인 성재는 거듭된 사업 실패와 그로 인한 스트레스 등으로 타락한 생활로 빠져들어 물려받은 재산을 탕진하였고, 대학 시절 인기가 많았던 그의 아내를 의심하여 폭력까지 행사한다는 소문이 간간이 들려왔을 뿐, 그림과 음악을 좋아하고 남학생들에게 인기가 많았으며 당당하게 대학가를 누비던 모습이 어떻게 변하였을까 하는 궁금함이 간혹 일어나기는 하였지만 세월의 흐름 속에 그녀에 대한 기억은 추억의 저편으로 희미하게 사라져갔다.

지난날 말 한마디 제대로 건네지 못한 짝사랑의 아련한 기억만을 간직한 채 민우는 안정된 직장을 구하여 사랑하는 사람을 만나 결혼을 하였고 자녀를 낳고 또 손자들의 재롱을 보면서 행복하게 살아가는 생활 속에서 나이를 더 하게 되자 다니던 직장에서 정년을 맞았고, 퇴직을 한 후에는 몇몇 친구의 도움으로 새로운 직장에서 중역을 맡아 전국을 누비며 이전 직장에서 관계를 가졌던 사람들을 비롯하여 많은 사람들을 만나고 그동안 누려보지 못했던 여유도 즐기면서 보람된 나날을 보내고 있었다.

세월의 흐름을 잊은 채로 항상 아름답고 가슴 두근거리던 기억만을 간직한 채 젊은 날 생각만으로도 그의 가슴을 설레게 하였던 그녀가 어떤 모습으로 변했을까 하는 기대감마저 가지고 약속한 장소에 들어선 민우는 한쪽 구석자리에 앉아서 손을 들어 흔들며 알은체를 하고 있는, 나름대로는 한껏 멋을 낸다고 유행에 어울리지 않는 어색한 차림을 하고 힘든 삶에 지친 작고 다소 피곤해 보이는 주름진 얼굴에 조금은 낯설어 보이는 조그마한 체구의 초라한 그녀를 보는 순간, 민우는 '아, 차라리 만나지 않고 아름다운 첫사랑의 추억으로만 가슴속에 간직하고 살았어야 했었는데…' 하고 속으로 되뇌고 있었다.

부모님의 유산

부부의 호칭에 대하여

고구마 뺏대기 소감(절간기)

벌초를 하면서

글쓴이

이중동(李重同)

◎ 1951년 경남 통영 출생

◎ 1979년 경상대학교 축산학과 졸업

◎ 1990년 경상대학교 대학원 축산학과 졸업 (농학석사)

◎ (전) 경남도청 근무

◎ 2010년 녹조근정훈장 수훈

◎ 번역 및 저서

〈식육과 건강〉

〈풍토의 산물〉

〈식육에 대하여〉

〈한국·일본의 식육문화〉

〈한민족·한우 아름다운 동행〉

〈살며 생각하며〉

살며 느끼며
1

글/사진 **이중동**

기획 **이상명**
교정/교열 **다미안**
표지 그림 **이보람**
디자인 **김현경**
펴낸곳 77page
이메일 77pagepress@gmail.com

초판 1쇄 발행 2020년 7월 13일
ISBN 979-11-968095-5-3